눈앞이 캄캄해도
나아가기를 멈추지 않고

유공사의 먹고사는 이야기

눈앞이 캄캄해도 나아가기를 멈추지 않고

유퐁사의 먹고사는 이야기

들어가며
나를 향해 다가오는 다음에게

'먹고사는 이야기'를 쓰기로 마음먹었을 때를 떠올려 본다. 당시 나는 우울감으로 몸과 마음이 무력해져 하루하루가 그저 흘러가기만을 바라고 있었다. 분리배출용 쓰레기로 가득 찬 세탁실 문을 몸통박치기가 아니고서는 도저히 열 수 없게 되었을 때, 비로소 결심했다. '아, 이대로는 안 되겠다. 이 악순환의 고리를 끊고 뭐라도 시작해보자.' 그러고 제일 먼저 했던 것이 밥해 먹기다.

밥을 해서 먹는다.

얼핏 간단해 보이는 이 문장 안엔 한 사람을 살려낼 만큼의 에너지가 들어 있다. 요리를 위해 필요한 주방 환경을 갖추려면 설거지를 해야 하고 물이 튄 싱크대 주변을 닦아내면서 겸사겸사 식탁도 닦고, 그러다 보면 나도 모르게 청소기까지 돌리게 된다.

요리를 하고 난 뒤는 어떤가. 가스레인지에 떨어진 국물 자국을 훔쳐내고 행주를 삶아 널어둔다. 남은 음식물 쓰레기는 오래 두면 벌레가 꼬이니 잊지 말고 바로 버리러 나갔다 와야 한다. 음식물 쓰레기를 버리고 들어오는 그 짧은 시간 동안에도 계절이 오고 가는 걸 느낄 수 있었다. 그러다 보면 나도 모르게 채워지는 에너지가 있었다.

그 에너지로 오늘 먹을 점심 메뉴를 고르고 장을 보고 식재료를 다듬고 끓여 맛을 상상하며 간을 보는 동안 어느새 나는 1인분은 하는 사람이 되어 있었다.

할 줄 아는 요리가 늘어감에 따라 낼 수 있는 마음도 함께 늘어가고, 늘어난 마음에 힘이 붙으면 이렇게 글을 쓸 기운도 난다. 결국 요리라는 건 내가 나를 먹여 살리기 위해 필요한 최소한의 조건이자 가장 확실한 기술이다.

요리하고 글 쓰는 동안에도 종종 우울해지는 나를 마냥 곱게 바라보지 못했다. 글에서 나는 내내 글 쓰고 싶다 그림 그리고 싶다 잘 살고 싶다 이야기한다. 하고 싶은 그 일을 마음껏 하고 있으면서도 그렇게 말하고 있었다. 더 잘하고 싶었던 탓이다. 다 알고서 그렇게 썼다기보다는 글을 쓰면서 깨닫는 경우가 많았고 내 마음을 더 잘 알고 싶어서 글을 쓰는 편이다. 이번에도 다 쓰고 나서야 내가 그런 마음이었다는 걸 알게 됐다.

얼른 알아차리고 과정까지 즐길 수 있었다면 어땠을까 아쉬운 마음이 잠깐 든다. 하지만 덕분에 오래 해온 일들을 모아 책이 나오고, 나는 더욱 선명하게 쓰고 그리는 사람으로서 존재하게 되었으니 내게 꼭 필요한 시간이었다고 생각한다.

당장 눈앞이 캄캄해도 나아가기를 멈추지 않는다면 다음은 반드시 주어진다. 잘하는 날도 있고 기대보다 못해 속상한 날도 있지만 그 시간이 다 합쳐져 우리가 먹고사는 이야기가 되는 것 아닐까.

그저 나로 먹고사는 일만으로 얼마나 끝내주는 삶이 될지 우린 아직 모르고 있다. 그러니 이 글을 읽는 여러 분도 마음의 어려움 때문에 맛있는 것 먹기를 미루지 않았으면 좋겠다. 기운이 나고 든든해지면 다시 무엇이든 해보려 주위를 둘러보게 될 테니까.

차례

Episode 1

마음대로 되지 않을 땐
냉장고를 열어보자

요즘 일이 어렵다. 글을 쓰면 그림이 마음에 안 들고 그림을 그리면 글이 붙질 않는 통에 다 집어던져놓고 대자로 드러누워 있다. 잘하고 싶은 마음이 과하면 내딛는 걸음 하나하나에 토를 달아 결국 스스로를 주저앉히고 만다. 하지만 큰마음 뒤에 관성처럼 따라붙는 강박은 쉬이 고치기 어렵다.

펜을 든 손 위에 휴대폰을 겹쳐 쥐고 SNS 속 친구들의 사는 모습이나 활발하게 활동 중인 작가의 전시 소식을 보다 보면 어느새 촉촉해진 눈가를 쓱쓱 훔치게 된다. 이럴

땐 그냥 쉬어야 탈이 없다. 한숨 한 번 푹 쉬고 프로필 환경 설정으로 들어가 계정 비활성화 버튼을 눌렀다.

주로 게으르고 대체로 느긋해서 많은 걸 놓치고(혹은 놓고) 사는 나에게 SNS가 보여주는 친구들의 소식은 때론 호환마마만큼이나 자극적이고 해롭다. 종종 단란한 가족 행사를 열고 해 바뀌면 여행을 떠나고 시기 맞춰 집을 사고 결혼하는 삶. 나는 내게 없는 타인의 삶에 일일이 번호를 매겨 잘 보이는 곳에 차곡차곡 결핍으로 둔다. (이때 내가 이미 가진 것은 별개다.) 다른 사람이 어떻게 사는지 아는 것은 때때로 나 자신을 똑바로 세우는 데 도움이 되지만 너무 잘 사는 사람만 골라서 보게 되는 것은 문제다. 내가 서 있는 땅을 불평하게 되니까.

달려보지 못한 길 위에 도사린 고난은 상상하기 어렵다. 보이는 건 스포츠카를 탄 채 쌩쌩 앞서 나간 사람들. 나만 뒤처지는 것 같아 마음이 불안해진다. 이에 대한 처방이 '안 보기'라니 너무 단순한가 싶지만 지금 취할 수 있는 가장 쉽고 빠르게 편안함에 이르는 방법임에는 틀림없다. 내게 없는 것 셈하기를 멈추면 다른 건 더 이상 중요하지 않다. 가진 대로 살아야지 뭐 별수 있나.

그런 의미로 당장 밥부터 가진 것 안에서 해결해보기로 했다. 냉장고 속을 닥닥 긁어 달걀 두 알, 다진 마늘, 양배추, 아보카도, 파스타 면을 찾아냈다. 오늘 저녁 메뉴는 이름하여 냉장고 파먹기 파스타!

'냉장고 파먹기 파스타'는 이름에서부터 알 수 있듯 냉장고 속에 뭐가 들어 있는지에 따라 재료와 맛이 달라지는 메뉴이다. 마땅한 재료가 없다 싶어도 필수 재료인 파스타, 소금과 올리브오일만 있다면 비루할지라도 당장 시도는 해볼 수 있다.

불 위에 팬을 두 개 올리고 한쪽에서 면을 삶는 동안 미리 달궈둔 두 번째 팬에는 마늘이랑 새송이버섯을 툭툭 썰어 넣고 볶는다. 얼추 볶아졌다 싶으면 면을 건져 넣고 참치액 한 큰술 휙 둘러 마저 볶는다.

완성된 파스타를 접시에 옮겨 담고 팬에 남은 기름으로 달걀까지 부쳐내면 알뜰살뜰 냉장고 파먹기 파스타 완성. 아보카도 반쪽 썰어 넣는 것을 끝으로 한 그릇 차려내니 나를 배부르게 해줄 이 접시 크기만큼은 살뜰히 살아낸 것 같다. 파스타 한 접시 만들어내는 일에도 많은 계산과 몸짓이 수반된다. 자세히 들여다보지 않으면 모를 일이다.

삶이 내 마음대로 되지 않을 때 몸을 움직여 스스로 계획하고 통제할 수 있는 활동을 하면 스트레스를 해소할 수 있다는 글을 읽었다. 예를 들면 집안일이 그렇다. 요리나 청소 같은 살림살이가 실은 나를 살리고 있는 것이다. 자기 통제력을 잃고 혼란스러울 때는 SNS를 둘러보기보다 내 주변에 도사린 규모 작은 일부터 해치워보는 것이 어떨까.

삶이 온통 어질러진 것 같을 땐 우선 냉장고를 열어보자. 밥해 먹고, 일기를 쓰고, 일상을 정돈하는 동안 하루가 가득 채워졌다.

❶ 면 삶기

❷ 마늘은 송송,
버섯은 깍둑 썰어 볶아준다

❸ 삶은 면을 건져 ❷에 넣고
휘리릭 볶아준다

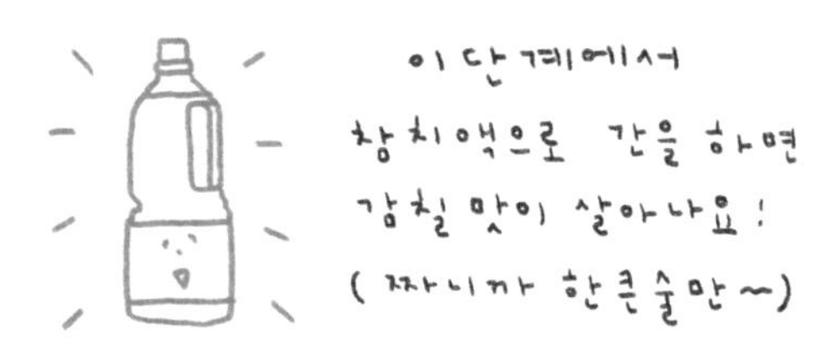

④ 면을 돌돌 말아 접시에 담고
그 위에 버섯과 마늘을 보기 좋게 얹는다

⑤ 스크램블 에그도 추가!

⑥ 오늘은 아보카도가 있으니까
잘라서 얹는 것까지…

냉장고 파스타니까 그때그때

가지고 있는 재료에 따라 맛도 모양도 달라져요~

냉장고 파먹기 파스타 완성

Episode 2

묵은 마음과
헤어질 결심
?

여름 뙤약볕에 기르던 화분이 죄다 말라버렸다. 햇볕을 쬐라고 베란다에 내놓았다가 영영 잊은 것이다. 그냥 뒀으면 웃자라긴 했어도 말라 죽진 않았을 텐데…. 화분이 말라 죽는 동안 나는 누워서 선풍기 쐬고 휴대폰 들여다보고 있던 걸 생각하니 어디선가 조용한 원성이 들리는 것 같아 귀 근방 어깻죽지가 뜨끔하다. 그리고 화분 몇 개를 새로 들였다.

쓰면서도 부끄럽지만 나는 매번 죽이면서도 화분을 새로 산다. 식물 사회에서 재판이 열리면 연쇄 무슨무

슨 죄로 진작 땅속뿌리 식물 사이에 구금되는 형에 처해 한 30년 못 나왔거나 덩굴식물 줄기에 목이 대롱 매달리는 형에 처해졌을 테지만, 인간의 법으로 통용되는 세상에 사는 덕에 뉘우칠 새도 없이 또 화분을 사고 만다. 이번에는 정말로 죽이지 않겠습니다. 왼손 오른손 약지를 걸어 스스로와 약속하고 제법 비싼 '무늬 몬스테라'를 구매했다. 해가 드는 방향에 따라 집 안 여기저기 옮길 일 없이 창가에 걸어두고 오래도록 사이좋게 지낼 수 있기를 소원하며 천장형 화분과 알비료도 500그램 추가 구매했다.

떠나보내고 새로 맞이하는 식구들이 생기고 나니 새삼 집 안을 찬찬히 돌아보게 된다. 방치해두고 있는 다른 것은 더 없는지, 모든 것이 제자리에 잘 있는지 점검해보았다. 그리고 방 한구석에 오래도록 방치해 바짝 마른 문제를 해결할 결심이 섰다. 약 20년 묵은 나의 피아노와 헤어질 결심.

초등학생 시절의 나는 학교가 끝나면 엄마의 바람대로 피아노 학원에 갔다가 나의 바람대로 미술 학원까지 다녀와야 귀가할 수 있었다. 엄마는 대형마트 캐셔로 일하며 모은 돈 200만 원으로 피아노를 덜컥 사주셨다. 그 피아노

는 당시 18평 남짓하던 우리 집에서 가장 고급 가구였다. 거실의 보라색 인조가죽 소파에 앉아서 고개 끄덕거리는 선풍기를 보다가 회색 브라운관 티브이를 거쳐 옥색 식탁을 따라 시선을 옮기면, 그 끝에 피아노가 있었다. 은은하게 광이 나는 고동색 나뭇결, 건반 위에 곧게 펴진 와인색 벨벳이 너무나 우아해서 마치 숄을 두르고 월세 받으러 온 집주인처럼 보일 지경이었다.

당시엔 나도 피아노가 있는 것이 좋아 뚱땅거리는 시늉을 하며 기분 전환을 하곤 했지만 그것도 친구들 놀러 왔을 때나 몇 번일 뿐이었다. 세월이 지나 <젓가락 행진곡> 하나 완곡하지 못하는 어른으로 자란 뒤에도 꽤 오랫동안 그 200만 원은 내게 너무 큰돈이어서 여태 치지도 못하는 피아노를 팔지도 어쩌지도 못한 채 마음 한구석에 이고 지고 20년을 더 함께 다녔다.

작은 아파트 집주인에서 작은방 주인 정도로 기세가 꺾이고 건반 위 곧게 펴진 와인색 벨벳 덮개는 어디 갔는지 기억도 안 나지만 피아노는 여전히 커다랗고 내 눈에 광이 나는 고동색이고 200만 원이다. 그래도 이젠 먼지 쌓인 피아노 둔 자리를 비우고 다른 초록을 채우고 싶다.

피아노 수거 업체에 전화해 바로 오겠다는 이야기를 듣고 엄마에게 전화를 걸었다. 피아노를 팔기로 했다고, 말이 파는 거지 연식이며 관리 상태를 들어 값을 깎을 것이고 그럼 10만 원, 아니 그조차 못 받을지 모른다고 송구스러운 마음이 드는 걸 애써 누르면서 아무렇지 않은 척 말했다. 가만히 듣고 있던 엄마는 어릴 적 피아노를 배우지 못한 것이 한이라 내가 피아노를 쳤으면 했었다고 하셨다. 처음 듣는 이야기였다. 내내 내가 진 짐인 줄로만 알았지, 엄마가 어릴 적 당신을 위해 선물한 피아노인 줄은 꿈에도 몰랐다.

전화를 끊고 내 것인지 엄마 것인지 모호해진 피아노와의 작별을 기다리며 간단하게 밥을 챙겨 먹는다.

냉장고에 들어 있는 도토리묵 한 팩, 김치 송송 썰어 넣어 묵밥을 해 먹으면 맛있을 것 같다. 팔팔 끓는 물에 길게 썬 도토리묵을 데쳐놓고 보니 꼭 검은 건반을 뽑아놓은 것 같다. 가만 보니 은은하게 광이 나는 고동색이다. 고춧가루 뿌린 간장 양념에서 와인빛이 난다고 생각하며 건반을 덮듯 도토리묵 위에 기다랗게 덮어본다. 식사가 끝날 때쯤이면 수거 업체에서 피아노를 가지러 올 것이다. 든

든하게 속을 채우고서 엄마의 어린 시절과 내 어린 시절이 담긴 건반 커버를 덮으려고 한다. 오랜 시간 함께했던 만큼 잘 보내주고 싶은 마음이다.

살며 많은 순간 헤어짐과 마주한다. 누군가 내게 먼저 고하는 이별도 있고 햇볕에 세워둔 채 영영 잊어버리는 헤어짐도 있다. 더러는 내 것이 아닌 것을 20년 동안 대신 맡은 뒤에야 떠나보내는 일도 있다. 누구를 탓할 수 있을까. 헤어짐 이후의 일은 모두 남아 있는 나의 몫이다. 이제 필요한 것은 다소 헛헛하더라도 든든히 먹을 것, 그리고 묵은 마음 뒤에 오는 새 초록을 잊지 않고 반갑게 맞이할 것!

1 코인육수로 간편하게 육수를 준비한다

2 묵은 길쭉하게, 묵은지는 송송 썰어준다

③ 썰어둔 묵은 끓는 물에 데쳐 식힌다

④ 달걀로 얇게 지단을 부친다

⑤ 묵은지는 설탕, 참기름을 넣어 버무린다

6 오목한 그릇에 데쳐둔 묵과 고명을 얹고 재료가 흐트러지지 않게 육수를 부어준다

7 간장 양념장과 함께 곁들인다

간장 2 큰술, 고춧가루 1 큰술, 다진 마늘, 설탕, 참기름

슴슴해서 개운한 도토리묵사발

때깔이 아주 곱지요~?
그리고 날 추가해!
육수로 냉면 육수를 부으면
시원~ 하게 즐길 수 있어요!

Episode 3

열정이
넘칠 땐
양배추 드리블

오래전부터 그리고 싶은 만화가 있다. 지금도 SNS에 그림 일기를 그려 올리고 있지만 내가 정말로 그리고 싶은 건, 세상에 아직 없는 이야기다. 지어냈지만 너무 감쪽같아서 어딘가에서 진짜로 일어나고 있다고 믿게 되는 이야기. 그런 이야기를 만드는 건 다른 삶을 살아내는 것과 같아서 아직 내 삶을 살아가는 일에도 어려움이 많은 난 쉽게 시작하지 못하고 마음만 키우는 중이다.

지난 일본 여행 중 신사에 들러 새해 소원을 빌었다.

여러 가지를 바랐지만 제일 마지막에 꺼내놓은 진심이 하나 있다.

"일본 만화영화 보고 자라 만화 그리는 어른이 되었어요. 그러니 앞으로도 책임져주세요. 제가 앞으로 만화를 그리면 수입해주셔야 합니다."

20엔을 시주하고 대뜸 책임지라는 말을 하기가 염치없어 성공하면 다시 와서 크게 쏘겠다는 말도 덧붙였다. 그게 자기최면이 되었는지 여행 이후로 자꾸만 없던 용기가 솟아 내내 마음에만 담아둔 이야기들을 하나씩 그려보고 있다.

덕분에 요즘의 일과는 단순해졌다. 데즈카 오사무의 만화 작법서 읽기, 『도라에몽 최신 비밀도구 대사전』 같은 고전 보며 감탄하기, <호빵맨>을 처음 그리기 시작했을 때 작가 나이가 쉰 살이었다는 인터뷰를 찾아보며 나의 쉰 살을 응원하기 등이다. 그러던 차에 마침 어릴 때 좋아했던 만화 <슬램덩크> 극장판이 개봉했다는 소식을 들었다. 나는 바람도 쐴 겸 상영 마지막 시간으로 티켓을 예매하고 집을 나섰다.

저녁 10시가 다 된 시간, 커플 몇을 제외하곤 전부 혼자 온 청장년들이 극장 안을 띄엄띄엄 채우고 있었다. 우연인지 혼자 앉아 있는 사람들은 챙이 달린 모자나 후드를 뒤집어쓰고 있었다. 나 역시 후드 줄을 꽉 조여 눈만 내놓고 있었으므로 묘한 동질감을 느꼈다. 덤덤한 표정이지만 각자 소싯적 품었던 마음으로 와서 앉아 있다 생각하니 재밌어 혼자 킥킥 웃다 얼른 내 자릴 찾아 앉았다.

영화관 불이 꺼지고 사각사각 펜촉 스치는 소리와 함께 스크린에 송태섭의 실루엣이 드러났다. 순간 가슴이 쿵쿵 뛰기 시작했다. 피가 도는지 손끝이 간질거려 두 주먹을 꼭 쥐었다. 손에 땀이 송골송골 맺혔다. 어떤 주문이라도 걸린 것처럼 나는 그리워하고 있단 사실조차 잊고 지내던 어린 시절의 한가운데로 돌아가 있었다.

<슬램덩크>가 SBS에서 방영되던 1998년, 당시 나는 강백호에게 완전히 이입해 잘난 체하는(정확히는 그냥 잘난) 서태웅을 질투하고 어쩐지 어른스러운 윤대협을 좋아하는 열혈 시청 어린이였다. 그래서인지 후에 친구가 "나는 강백호를 동경했어."라고 말했을 때 내심 큰 충격을 받았다. 내가 아는 강백호는 누군가의 동경의 대상이 되기엔(본인은 천재라고 하지만) 부족하고… 부족하고 또 부족했기

콘푸로스트 말아놓고 만화 보느라 눅눅해지는 것도 몰랐다.

때문이다.

이때즈음 나랑 같은 걸 보고 다르게 해석하는 사람들이 있다는 걸 알게 되었고, 내 생각과 다른 타인의 관점이 궁금해지기 시작했다. 그래서 뭔가를 보고, 듣고, 경험한 후에는 함께한 친구의 생각을 물어보았다. 뭐 그런 걸 묻냐는 반응도 있었고, 나와 비슷한 시선으로 본 친구들도 있었다. 가끔은 내가 발견하지 못한 숨겨진 메시지를 보는 사람도 있었다. 한 작품을 보고도 여러 반응이 나온다는 것은 재미있는 관찰 놀이처럼 즐거웠지만 한편으론 조바심이 생기기도 했다. 나는 이따금 내가 모르는 걸 다 알면서도 속에 감추고 말해주지 않는 누군가의 모습을 떠올리며 이유도 모른 채 마음이 초조했다.

나는 대체로 강백호와 비슷했다. 생각보다 몸이 앞서고, 하고 싶은 것도 바라는 것도 많아 당장 드리블도 어려운 마당에 덩크슛까지 하고 싶어 안달하는 백호. 살다 보니 더러는 서태웅이 되기도 했다. 내가 애를 써서 잘하게 된 걸 누군가는 천부적으로 타고나 좀 쉽게 하는 것 같아 보였고 실력을 요란하게 뽐내면 아니꼬워져 절로 세상 돌아가는 일에 관심 없는 척 시니컬해졌다. 그러다 한계를 만나면 작은 키 때문에 분한 송태섭이 되기도 했다. 오늘은 백호를 알고 내일은 태웅이를 이해하며 자라는 동안 나는 비로소 이 모든 캐릭터가 다 작가 한 사람에게서 나온 이야기란 걸 깨달았다.

작가야말로 나는 모르는 걸 다 아는 사람이었다. 어떻게 한 생을 끝까지 다 살아본 적 없는 사람이 남의 삶을, 그것도 실제 존재하지 않는 사람의 삶을 생생하게 그려낼 수 있는 걸까? 심지어 보는 사람마다 그걸 믿게 만들고 사랑하게 만들어 어린아이를 서점으로 달려가게 하고 어른들을 극장으로 불러 모으는 걸까.

20여 년이 흘러 극장에서 눈물을 쏟고 있는 어른이 된 지금도 난 잘 모르겠다. 영화 보는 내내 북산이 뛰는 경기장과 작가의 책상 사이를 오가며 무엇 때문인지 모를 눈물만 연신 훔쳐냈다. 아무래도 만화가 좋은 탓이다.

눈물 좀 흘렸다고 출출하다. 집에 들어와 냉장고를 여니 야채 칸에 얼추 농구공만 한 양배추가 하나 들어 있다. 보아하니 오늘 밤 길어지는 생각에 잠은 다 잔 것 같고 나는 점점 더 서러울 테니 야식만은 참지 않기로 한다. 냉동실에서 다진 고기를 거의 발굴하다시피 찾아내 두부랑 몇 가지 재료 조합해보니 뜨끈하고 담백한 양배추롤을 끓여 먹으면 속도 맘도 든든하겠다.

내 하루는 여전히 초심자의 만화 작법서 읽기와 고전에서 자극 받기, 뒤늦게 만화를 그리기 시작한 작가의

자서전에서 용기 얻어오기 등을 제외하면 낙서하기가 전부다. 전과 달라진 것도 하나 있다. 이제 그다지 초조하지 않다는 것.

나는 이제야 막 무언가 그리기로 마음먹었을 뿐이다. 시작은 드리블 연습부터, 지난한 기초 훈련을 반복한 후에야 비로소 슬램덩크를 할 수 있다는 걸 이제는 안다.

1 양배추를 적당히 손질해 익혀둔다

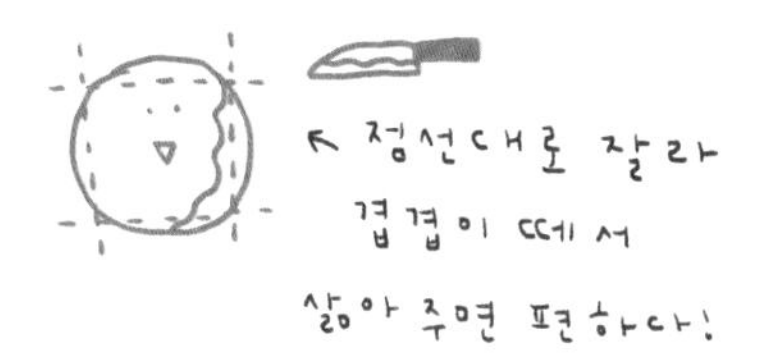

※ 저는 전자레인지에 7분 돌렸어요

2 두부는 으깨 물기를 꼬옥 짜준다

힘드니까 면포나 고운 채를 사용해요

3 양파, 파, 마늘은 잘게 다져
마찬가지로 물기를 꼭 짜준다

4 **2**와 **3**에 다짐육을 섞어 속재료를 만든다

5 익혀둔 양배추에 속재료를 넣고 말아준다

1.2.3 순서대로 접어서

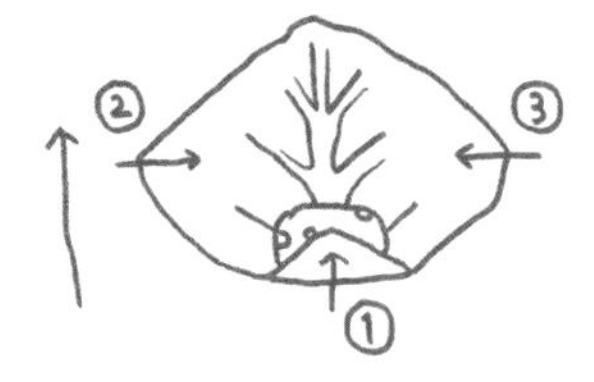

진행 방향으로 도로록 올리면 쉽다

⑥ 잘 말린 양배추를 고정한다

이쑤시개도 좋지만 스파게티면을 꽂아 고정하면 익힌 뒤 제거할 필요 X

⑦ 냄비에 차곡차곡 넣어 육수를 붓고 간을 맞춰 끓여낸다

은근~든든~ 양배추롤 완성!

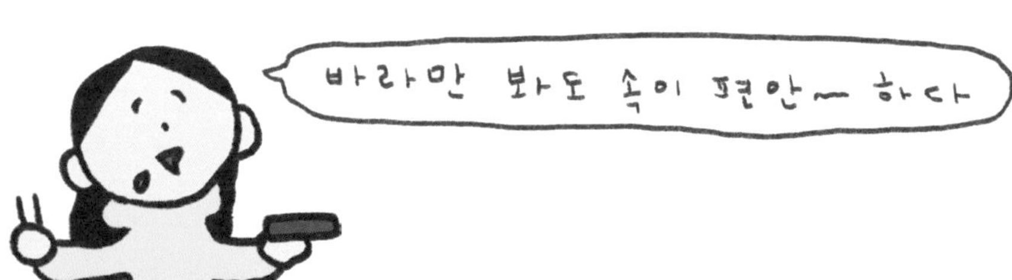

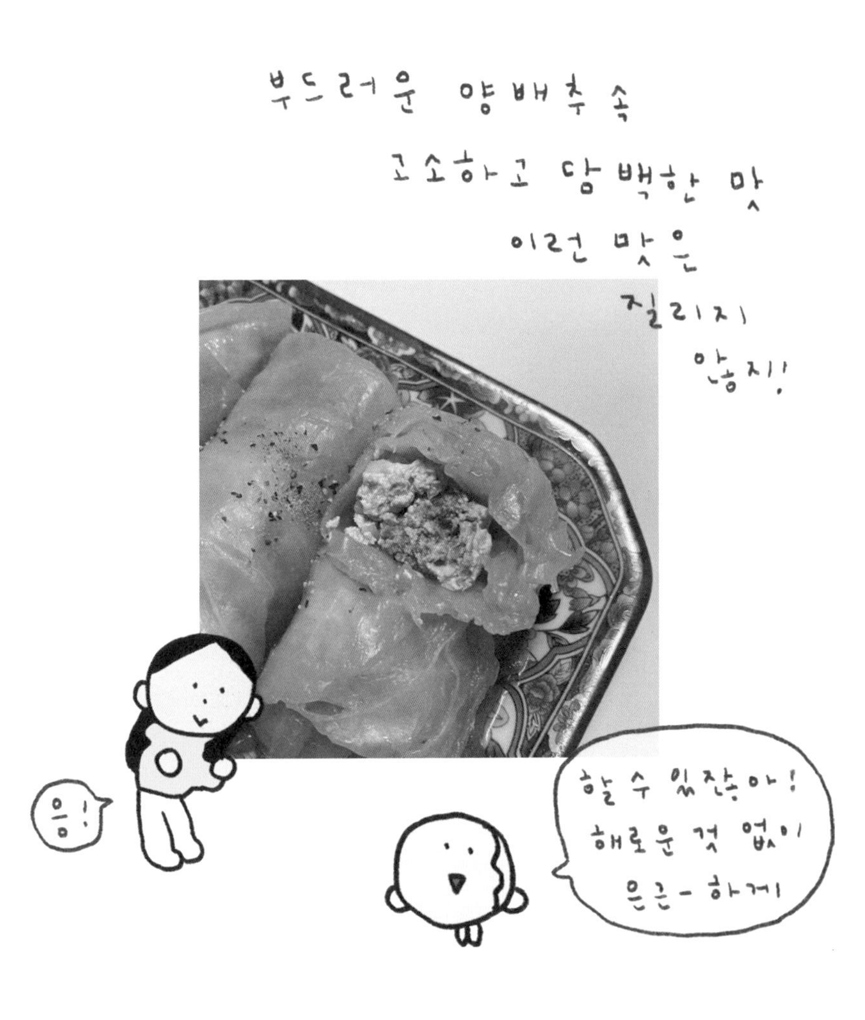
부드러운 양배추 속
고소하고 담백한 맛
이런 맛은
질리지
않지!
응!
할 수 있잖아!
해로운 것 없이
은근-하게

Episode 4

김치로 대물림되는 건

아마도 사랑

설 연휴에 논산 집에 다녀왔다. 논산에 가면 아빠와 삼촌과 할머니를 만날 수 있다.

할머니는 작년까지 삼촌과 함께 지내셨는데 겨울쯤 코로나에 걸리시는 바람에 거동이 안 될 만큼 건강이 나빠져 요양병원으로 모셨다. 얼마 전 밤에 술을 이만큼이나 마신 아빠가 "어이~ 아빠 딸~" 하면서 전화를 하셨다. 할머니를 요양병원으로 모신 날이었다. 4년 동안 매일같이 통원하며 곁에서 모시던 할머니를 이제 일주일에 한 번 면회하게 되었다며 "마음이 후련하기도 하고 상하기도 해.

하지만 아빠도 너도 겪어야 하는 일이야." 하면서 웃는데 나한텐 그게 우는 소리보다도 슬프게 들렸다. 그날의 통화가 마음에 남아 이번 설에는 입 꾹 닫고 기차에 올랐다. 점심에 도착하는 기차를 예매했더니 무궁화호다.

어릴 적 엄마 아빠가 이혼한 뒤 나는 논산 할머니 집에서 지냈다. 할머니는 달에 한 번씩 나를 데리고 아빠 혼자 사는 집으로 가 아빠가 챙기지 못한 청소며 집안일을 대신하셨다. 사흘 전에 미리 택배로 보내둔 (혹시 국물이 샐까 봐 봉지에 두 번씩 꽁꽁 싸맨) 김치랑 무거운 반찬들을 풀어 냉장고에 정리하고 방을 쓸고 닦고 저녁을 차렸다. 그 밥을 아빠랑 먹었는지 어쨌는지는 기억이 나지 않지만 돌아오는 기차에서 손수건을 꼭 쥐고 소리 없이 울던 할머니의 모습은 선명하다. 눈주름을 따라 흐르는 눈물을 가만히 들여다보다가 모르는 척 "할머니 울어?" 말을 건네면 "아니 안 울어." 하면서도 내 손을 잡고 "네 아빠 불쌍해서 어쩐다냐." 하셨다.

할머니 마음을 헤아려보려 해봤지만 그때 나는 아빠가 하나도 안 불쌍해서 그게 잘 안 됐다. 당시 아빠는 화가 많아서 할머니가 "아비야, 이것 좀 먹어봐라." 하면 "제발

내가 알아서 하게 내버려두시라고요, 좀!" 하는 일이 보통이었다. 어른들의 깊은 속까지 알 리 없는 어린 내 눈에 비친 아빠는 그저 한마디 말 붙이기도 무서운 사람이고 할머니는 좋은 소리 못 들으면서도 자꾸 말을 거는 지독한 짝사랑꾼이었다.

시간이 흘러 나도 그때의 아빠 나이가 되었다. 나는 그때는 모르던 어른들 사정을 많이 이해하게 되었고 이젠 그게 뭐였는지 알 것 같아 뒤늦게 아빠가 안쓰럽고 할머니가 대단하다. 그리고 할머니 나이가 된 아빠가 그때보다 더 할머니가 된 할머니 옆에서 "엄마, 이것 좀 드셔보셔." 하는 모습을 보고 있으면 할머니의 오랜 짝사랑이 드디어 대답을 듣는 것 같아 절로 "우리 할머니 호강하시네." 하는 말이 튀어나온다. 하지만 할머니는 아는지 모르는지, 이제 정신이 많이 흐려지셨다.

아빠는 입버릇처럼 받은 사랑이 없어 내게도 사랑을 주지 못했다고 이야기한다. 한때는 그 이야기를 곧이곧대로 믿었지만, 지금까지 내가 목격한 바로는 할머니와 아빠는 충분한 사랑을 주고 또 받았다. 부모와 자식 한 세대의 사랑이란 이렇게 완성되는구나 나 혼자 생각할 뿐이다.

할머니를 만날 수 있을 거라고 너무 당연하게 생각했는데 면회 요일이 목요일로 정해져 있어 만나지 못했다. 한 달 뒤 할머니 생신이니 다시 오라는 삼촌의 말을 아빠는 부담 주지 말라며 싹둑 자르면서도 끄트머리엔 "언제 시간 나는 목요일에 한번 와."라고 덧붙였다.

기차를 타러 나서기 전 김치를 좀 더 가져가라는 걸 아직 많다는 이유로 거절했다. 무겁기도 하고, 실제로 집에 김치가 많았기 때문이다. 지난 김장철에 아빠가 옆집 할머니께 얻어 보내준 김치는(우리 할머니 김치는 이제 못 먹게 되었다.) 옛날에 할머니가 아빠에게 보냈던 것처럼 한 포기씩 봉지에 두 번 감싼 채 도착했다. 우리 집안 사랑은 김치로 대물림되는가 보다.

택배를 풀어 냉장고에 차곡차곡 정리했다. 언젠가 내게 혹시 아이가 생긴다면 나도 그 애에게 두 번씩 꽁꽁 싼 김치를 보내게 될까? 나는 어떤 마음으로 너를 사랑하게 될까? 우리 아빠처럼, 할머니처럼 나도 그럴 수 있을까?

아빠는 할머니가 아프고부터 틈만 나면 자기 노후는 알아서 할 거라는 이야기를 혼잣말인 듯 그러나 잘 들리게 한다. '너는 네 몸 하나만 건사하면 된다'는 뜻이다.

"알았어~"라고 대답하지만 정말로 내 몸 하나만 건사하며 산다면 스스로 반푼이처럼 느껴질 거라는 것도 안다.

나는 그보단 많은 걸 건사하고 싶어. 나도 지금 아빠가 하는 것처럼 언젠가 아빠의 훌륭한 보호자가 되어주고 싶어. 그런 생각을 하면서 아빠가 보내준 옆집 할머니 김치로 김치볶음밥을 만들어 먹었다. 그래도 이런 날엔 우리 할머니가 만든 김치가 먹고 싶다.

1. 김치와 파는 송송 썰어 준비한다

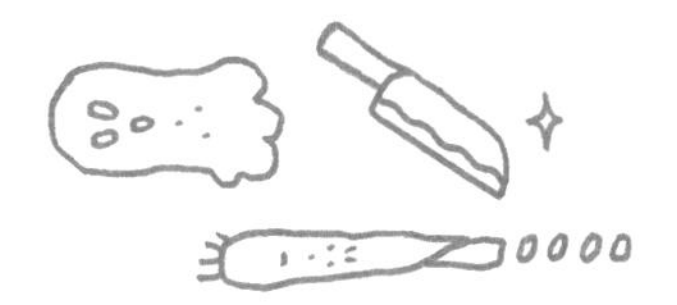

2. 달궈진 팬에 기름을 두르고 파를 볶아 파기름을 내준다

3. 김치를 넣고 함께 볶다 김치가 노릇하게 익었을 때 참치 투하!

❹ 설탕, 간장 반 스푼씩 넣어 간을 하고
밥과 함께 마저 볶아준다

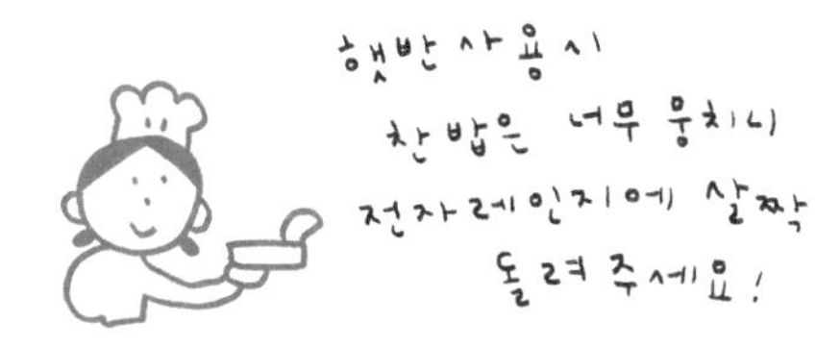

❺ 마지막으로 참기름 휙 두른다

반숙 후라이 톡! 올려주면~

내리사랑 김치볶음밥 완성~

맛 따봉 후라이도 따봉

Episode 5

아까울 뻔했지?

이렇게 잘 익었는데!

감을 좋아한다. 과일이라면 전부 좋지만 순위를 두고 따져 봐도 감은 꽤 윗줄에 놓일 만큼 좋아한다. 다섯 개씩 한 줄 길게 들어 있는 봉지 감은 뚝딱 하면 다 먹어버려서 박스째 사다 두고 왔다 갔다 간식으로 깎아 먹곤 한다.

감은 잘 무르는 과일이라 조금 잊고 지내다 아차차 하고 박스를 열어보면 물렁물렁해진 채로 만나게 되는데 그건 또 그거 나름대로 별미, 시간을 들여 다르게도 즐길 수 있다는 점이 또 좋다. 빨갛게 익은 단감 꼭지를 따고 말랑한 속을 숟가락으로 파내어 요거트랑 곁들여 먹으면 설탕이나 꿀 없이도 달고 맛있다. 하지만 나도 처음부터 이 맛을 깨우쳤던 건 아니다. 이렇게 잘 익은 감을 볼 때마다 떠오르는 몇 년 전 에피소드가 하나 있다.

그날도 감이 먹고 싶어 휴대폰을 들여다보고 있었다. 그러다 잘못 봤나 싶을 정도로 값이 싼 감을 발견했는데 이름이 '대봉'이었다. 5킬로 한 박스 가격이 단감 한 줄 가격과 크게 차이가 나지 않았다. 고구마를 살 때 보면 가끔 왕 큰 고구마를 '맛탕용'이라고 싸게 판매하는 것을 볼 수 있는데, 대봉 역시 왕 큰 감이겠거니 생각하며 망설이지 않고 덥석 구매했다.

다음 날 커다란 박스에 담긴 대봉이 현관문 앞에 도착했다. 싼값이었으니 혹여나 못난이 상품일까 얼른 열어 살펴보니 생채기 하나 없이 깨끗하고 알 굵은 것들로만 가득했다. 횡재가 따로 없다면서 그중에서도 색이 제일 진하게 익은 걸로 하나 골라 휘리릭 깎아 입에 넣었는데 첫입에 크게 당황했다. 이건 계획에 없던 떫음이었다. 싼 게 비지떡이라더니 다음 감도, 그다음, 또 다음 감도 모두 떫었다. 나는 좌절했다.

크고 맛있는 감을 싸게까지 먹으려 한 업보인가.

이 생긴 것만 예쁜 감은 산지에서 하나씩 박스에 담겨 무게를 재고 테이프 둘둘 말아 택배회사로 넘겨졌을 것이다. 그리고 옥천HUB를 지나 여기 내 앞에 떫은맛으로 당도했다. 그 과정에 쓰인 사람들의 노고가 다 아까울 지경이었다.

도저히 수습이 불가능한 정도로 떫어서 먹지도 못하는 걸 5킬로씩이나 어찌할까 고민하다 눈물을 머금고 그대로 들고 음식물 쓰레기 버리는 곳으로 내려왔다. 쓰레기통 앞에서 이 큰 걸 어떻게 쏟아부어야 하나 잠깐 고민하는 내 옆으로 불쑥 경비 아저씨가 다가왔다.

"대봉이네? 이걸 다 버리려고요?"

슬쩍 박스 안을 들여다보며 경비 아저씨가 물었다.

"네, 너무 떫어서 못 먹겠어가지고…."

내 대답에 아저씨는 다가와 좀 더 적극적으로 박스 안을 살피기 시작했다. 경비 아저씨는 "멀쩡하구먼." 혼잣말을 하시더니 버릴 거면 달라시며 박스를 받아들었다. 나는 속으로 맛없어서 못 드실 텐데? 하면서도 어디 쓰실 곳이 있겠거니 하며 순순히 박스를 넘겨드렸다.

대봉감의 떫었던 기억은 완전히 잊고 평소와 같은 하루를 보내고 있던 어느 날이었다. 오랜만에 약속이 잡혀 집 밖을 나서는데 경비실 문이 열리더니 "어이~ 대봉 아가씨!" 하고 익숙한 목소리가 나를 불러 세웠다. 예전의 경비 아저씨였다.

대봉 아가씨라니, 어디 지역 미인 대회에서나 들을 법한 호칭에 웃음이 났다. 같은 마음인지 경비 아저씨 목소리에도 웃음이 섞여 있어 재미난 마음을 하고 그 앞으로 총총 뛰어갔다. 아저씨는 잠깐 기다리라 손짓하더니 책상 아래 낮익은 박스에서 빨갛고 말랑한 감을 하나 조심히 꺼내 내 앞에 내미셨다.

“자, 이거. 가면서 먹어요.”

경비 아저씨 손에 놓인 빠알갛고 말랑한 것. 며칠 전 내가 버리려던 대봉감이었다. 어찌나 잘 익었는지 그때 봤던 색은 노란색이 아니었나 싶을 정도로 빨강에 가까운 진한 주황이었다.

“버렸으면 아까울 뻔했지? 이렇게 잘 익었는데!”

아저씨는 그마저도 옆 동 경비 아저씨들과 나눠 먹고 남은 게 이것뿐이라 못 만났으면 오늘 다 먹어버리려고 했다며 웃으셨다. 나는 행여나 감이 터질까 봐 경비 아저씨가 건네주시는 감을 양손으로 조심스럽게 감싸고 꾸벅 인사했다.

나는 대봉을 응달에 두고 후숙하면 대봉시가 된다는 사실에 놀라 몸서리쳤다. 하마터면 멀쩡한 감을 몽땅 쓰레기로 버릴 뻔했다는 사실에는 두 번 더 몸서리쳤다. 두 손에 받아 든 대봉시를 약속 장소까지 들고 갈 수가 없어 결국 길 가다 엉거주춤한 자세로 서서 반은 흘려가며 먹었지만 폭 익은 감은 참 맛이 있었다. 그 맛을 아꼈다 내게 돌려준 경비 아저씨의 마음도 헤아려보면서 과육이 묻어 들쩍지근해진 손을 쥐었다 폈다 하면서 계속 걸었다.

그 뒤로도 가끔 나를 보며 밝게 웃어주시던 경비 아저씨는 그만두셨는지 언젠가부터 볼 수 없게 되었다. 그래도 이따금 많이 익어 물렁해진 감을 먹을 때면 그날 받아 든 대봉시와 대봉시를 건네던 경비 아저씨가 떠오른다.

설익은 과일에게 좀 더 시간이 필요하단 걸 알아봐준 눈, 제철에 맞춰 빨갛게 익은 것을 서로 나눌 줄 아는 마음 그리고 마지막까지 나를 기다려준 온기. 떫은 감 한 박스를 사면서 배운 것이 너무 많다. 이제는 경비 아저씨가 아니니 대봉 아저씨가 맞으려나. 아무튼, 나는 그 일이 있고 난 뒤로 어떤 과일이라도 일단 맛이 덜하면 좀 더 오랜 시간을 들여서 볼 줄 아는 여유를 갖게 되었다. 그러고 나면 십중팔구는 맛이 더 좋아진다.

커다랗고 단단한 감이 자연의 바람과 햇볕이 만드는 온기 속에서 다디달게 익어가는 동안, 삶 속에서 생겨난 떫거나 풋내 나는 내 마음도 말랑하게 익어간다. 시간을 더 들이면 예쁘게 붉어지고 부드러워지는 것들이 있다. 그걸 알고 있으면 설익은 시간마저도 즐길 수 있다. 마치 감이 익어가길 기다리는 것처럼 말이다.

단감 요거트볼 만들기 시작 ➡

1 그릇에 요거트를 담는다

2 가장 무른 감으로 골라 꼭지를 딴다

3 티스푼으로 과육 파내기

4 견과류나 과일과 함께 요거트 위에 올린다

단감 요거트볼 완성~

약과를 곁들여도 좋아~

혼자

먹지 마잉

Episode 6

마음을 고쳐먹는 소불고기 덮밥

기별도 없이 엄마가 택배를 한 박스 보냈다. 소불고기랑 잡채, 녹두전 그리고 엄마가 밭에서 직접 기른 이름 모를 야채들이 푸짐하게 들어 있었다.

엄마는 먹고 싶은 게 있으면 언제든 말하라지만 집에서 '쌀' 먹는 일이 잘 없는 나로선(면, 빵, 떡을 주로 먹는다.) 엄마가 보내주는 집 반찬이 기한 내 해결해야만 하는 숙제처럼 느껴질 때가 많다. 맨반찬을 집어 먹을 순 없으니까 처음 몇 번은 나가서 햇반이라도 사다 데워 먹었지만 며칠을 똑같은 밥 먹긴 싫으니까 하루 이틀 건너뛰고, 그러다 보면 잊어버리고, 끝내 반찬통 안에 하얗게 곰팡이가 피어난 꼴을 보고 만다.

너무 욕심껏 장을 봐서 유통기한 지나도록 다 못 먹어 버리는 게 있으면 잠깐 돈 아깝고 말지만 엄마 반찬에 핀 곰팡이를 보는 건 뭐랄까 양심이 찔리다 못해 양심 안쪽 내핵까지 건드려지는 기분이다. 인간성의 문제 같달까. 간접적으로 불효하고 있다는 느낌. 그렇게 엄마 반찬을 서너 번 버린 다음에야 부드러운 말로 돌려 거절도 해보고 직접 밥을 지어 대접하며 '이렇게 잘 먹고 삽니다'를 어필도 해봤지만 소용없었다. 언제고 나를 떠올리는 엄마의 마음에 조금의 염려라도 끼어들라치면 틀림없이 뭘 좀 보냈다는 연락과 함께 반찬이 도착했으니까.

내 마음이 넉넉할 때는 엄마가 보낸 마음이 당장 내게 필요치 않더라도 감사 쪽으로 마음을 낼 수 있다. 당장 그 마음이 이해가 안 돼서 답답하고 알아듣진 못해도 나름 통역해보는 것이다. 그러면 엄마 언어로 고맙게 잘 먹었다고 다시 연락할 수 있다.

문제는 내 속이 좁을 때다. 일과 사람에 몰려 금방이라도 터지기 직전인 풍선처럼 잔뜩 부풀었을 때, 그럴 땐

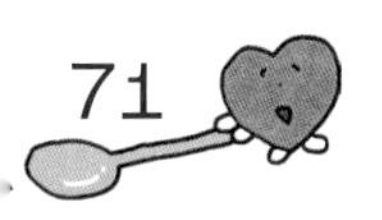

내 목소리에 날이 선 게 스스로 느껴질 정도로 뾰족해지는데 엄마는 그 뾰족한 위를 자꾸 덮어주고 싶은 모양이다. 싫다는 내게 엄마는 엄마의 가장 말랑한 부분으로 감싸주느라 몇 번이나 푹푹 찔렸다.

엄마는 명절에 바빠 못 온다는 딸에게 바쁜 와중에도 평소보다 더 많은 반찬을 보냈다. 바빠서 간을 못했으니 모자란 간은 알아서 맞춰 먹으라는 말과 함께. 그걸 받은 나는 일과 스트레스에 몰려 간신히 붙들고 있던 정신줄을 톡 하고 놓아버렸다. 그리고 치미는 부아 그대로 엄마에게 그동안 억지로 밥이랑 같이 삼켰던 마음을 전부 토하듯 쏟아냈다.

그후 몇 달 서로 연락도 없이 새해가 되었고, 은근슬쩍 도착한 것이 바로 이 소불고기 택배다. 그 소란을 피우고도 마치 없었던 일인 양 떡하니, 상호 간의 약속을 통해 여기 놓인 물건처럼 당당히 자리한 스티로폼 박스를 보고 있자니 그냥 툭 웃음이 나왔다.

박스 안 반찬은 모두 한 끼 만들어 먹을 분량으로 소분되어 진공포장되어 있었다. 아마도 엄마는 내가 뱉은 그 모진 말들 사이에서 '상해서 다 버린다'는 부분만 남겼나

제발 아무것도 해서 보내지 마
반찬을 해서 보내면 맨날 그것만
먹는 것도 아니고 상한다니까?
엄마는 수고롭지 말라고 보내겠지만
난 아니야 다시 요리해야 하고
제때 못 먹어서 상하면 버리는 건
또 얼마나 성가신데!
왜 시간 쓰고 돈 써서 서로
괴로워지냐고 왜!
밥은 내가 알아서
먹는다고 좀!

보다. 들인 정성에 반의 반도 돌려받지 못했어도 번번이 버린다는 음식을 다시 해서 보내는 엄마의 강한 마음은 대체 어디에서 자꾸 자라나는 걸까 생각해봤다.

엄마에게 다신 음식 같은 거 보내지 말라는 말을 끝으로 전화를 끊어버렸을 때, 나는 그걸로 끝이라고 생각했다. 그게 정말이었으면 엄마와 나 사이엔 아마도 쭉 밥그릇 하나 편하게 놓이지 못했을지도 모른다. 돌아앉은 내 앞에 다시 소불고기를 해서 내미는 게 엄마가 한 일이라면 마음 고쳐먹는 것은 내 일이다. 그리고 엄마한테 전화해야지. 맛있게 잘 먹었다고.

1 파를 길게 채 썰어 볶아 파기름을 낸다

2 파기름에 다진 마늘을 볶아 풍미를 더해주고 엄마의 소불고기를 넣는다

3 익힌 뒤 간을 보니 조금 싱겁다!
간장 2, 설탕 1, 참기름 1큰술 추가!

4 접시 한쪽에 밥을 담고 반대쪽에 소불고기를 예쁘게 담아낸다

달걀 노른자 하나 툭 올려도 좋겠다
엄마 반찬은 마음인 거야~
엄마의 소불고기 덮밥 완성
...

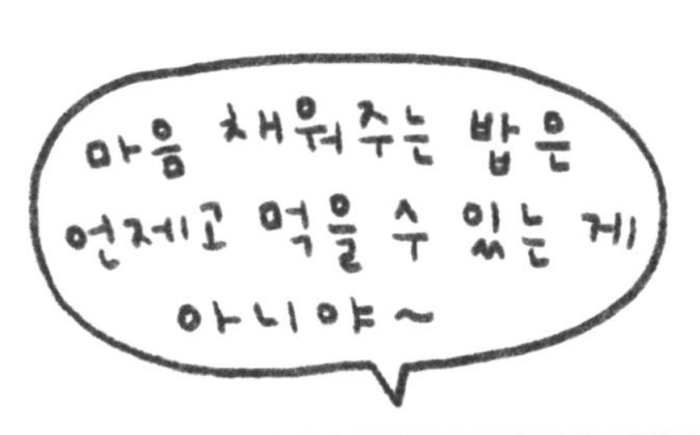
마음 채워주는 밥은
언제고 먹을 수 있는 게
아니야~

자 크게
한술 떠~

으아앙 ~~~
마음 고쳐먹을게요

Episode 7

이 밤의 끝을 잡을
매실 절임 토마토

밤낮이 바뀌었다. 그렇다는 건 뭔가 잘 안 되어가고 있다는 뜻이다. 오늘 맺기로 한 생각의 답을 제때 내지 못하면 대롱대롱 미련이 이 밤의 끝을 잡고 늘어지는데 붙잡힌 밤은 별수 없이 깜깜히 길어진다. 재밌는 건 그럴 때 그냥 밤을 새우기로 마음먹으면 방금까지 비관하고 초조하던 마음이 마치 하루를 더 얻기라도 한 것처럼 넉넉해진다는 것이다. 뭐든 넉넉하면 허투루 쓰는 버릇을 아직 못 고친 나는 또 그 시간을 지난 드라마 정주행하고 맥주도 한 캔 따면서 다 써버리고 저기 멀리서부터 해가 밝아올 때야 비로소 지칠 대로 지쳐버린 몸을 이불 속으로 끌고 들어가는 일상을 벌써 며칠째 반복하고 있는 중이다.

이럴 때 해야 하는 일이 두 가지 있다.

하나, 나가서
둘, 걷는 것.

벌써 보름째 집 밖에 나가지 않았다. 그 보름 동안 집은 아주 엉망진창이다. 아름다운 사람은 머문 자리도 아름답다는데 요즘의 나는 확실히 내가 추구하는 아름다움과는 거리가 멀다. 마음이 어지러우면 곧바로 살림부터 놓는 통에 내 집과 마음은 대체로 같은 풍경을 하고 있다. 마음이 어지러우면 집도 엉망이다. 이 어지러운 곳에 무엇도 들이지 못하는 건 집이나 마음이나 매한가지. 이럴 때는 적적함에 문득 사람이 그리워져도 집과 마음을 꺼내 보이기 민망하니까 터벅터벅 대형마트로 향했다.

카트를 끌며 장을 보러 온 사람들 사이로 스며들었다. 다양한 물건을 고르고 저녁 반찬을 고심하는 사람들

의 손길을 따라 내 시선도 빠르게 움직였다. 오랜만에 바깥에 나와서인지 익숙했던 것도 새롭게 보였다.

특히 직접 나와서 사면 대충 천 원씩 더 싸다는 사실에 충격받았다. 휴대폰 터치 몇 번으로 장바구니에 담던 제품들을 직접 눈으로 보고 손으로 만져 무게를 느끼니 새삼 그게 다 그냥 숫자가 아니라 돈이었단 자각이 퍼뜩 들었다. 지금까지 대략 얼마 정도 손해 봤는지 손가락을 접어가며 계산하다가 달걀은 마트에 와서 사는 게 더 비싸다는 걸 확인하고는 접던 손가락 대충 접어 주머니에 찔러 넣고 매장 안을 한 바퀴 걸었다. 전과 달라진 매대 배치를 알아보는 것만으로도 (지난번엔 샤인머스캣이 있던 자리를 딸기가 채웠다.) 집에만 있느라 갇혀 있던 생각에서 금방 벗

어날 수 있다. 당장 내 입에 들어가는 식재료가 얼마인지 계산하는 동안 멀리 있는 불안을 찾아 돌아다니던 생각이 어느새 지금 내 발밑에 와 붙어 있는 걸 발견한다.

토마토 한 팩을 사서 집에 돌아왔다. 내일도 모레도 먹을 수 있을 만큼 조금 덜 익은 토마토도 있었지만 그중에서도 딱 오늘 먹어야 맛있을 것처럼 보이는 빨간 토마토로 골라 왔다.

짧은 외출 후 돌아온 집은 분명 아까와 같이 어수선하지만 내 마음이 달라졌는지 어제까지 미뤄둔 살림을 오늘부터 살아본다. 세탁기 앞에 쌓아둔 페트병이며 박스 비닐봉지 등을 분리해두고 빨래 돌아가는 동안 설거지 마치고 음식물 쓰레기까지 버리고 오니 집 안 풍경도 마음도 딱 요리하기 좋은 상태가 되었다.

방금 사 온 토마토와 아빠가 직접 담가 보내준 매실청이 있어 시간을 조금 들이면 오래 맛있게 먹을 수 있는 '매실 절임 토마토'를 만들어보기로 했다. 지금 절여두고 조금 일찍 잠들면 내일 일어나 먹을 수 있을 것이다.

잠 못 들고 밤 지새우는 동안엔 나를 이루는 모든 것들이 전부 나를 망하게 하기로 마음먹고 덤벼드는 것 같

았다. 토마토를 씻어내며 마음을 바꿔 먹고 보니 모든 것이 전부 나를 돕기로 나선 것처럼 개운하다. 낮에 햇볕을 쬐고 산책한 덕인지도 모르겠다.

머리 위로 해가 들면 밝은 데는 더욱 밝아지고 어두운 데는 더 짙어지는 법. 그중 취해야 할 것과 그러지 말아야 할 것을 골라내는 건 눈 좋은 이의 몫일 것이다. 물론 마트에 직접 가 천 원 더 아껴 장을 보는 것도, 해 보고 자란 토마토를 발견해 매실에 절여 먹는 것도 다 눈 밝은 이의 정성 어린 손길이다.

이것만 만들고 오늘 밤의 끝은 이제 그만 어제로 넘겨줘야겠다. 내일 아침에 눈뜨면 맛있는 매실 절임 토마토가 나를 기다리고 있을 것이다.

매실 절임 토마토 만들기 시작 ➡

① 유리병을 끓는 물에 열탕한다

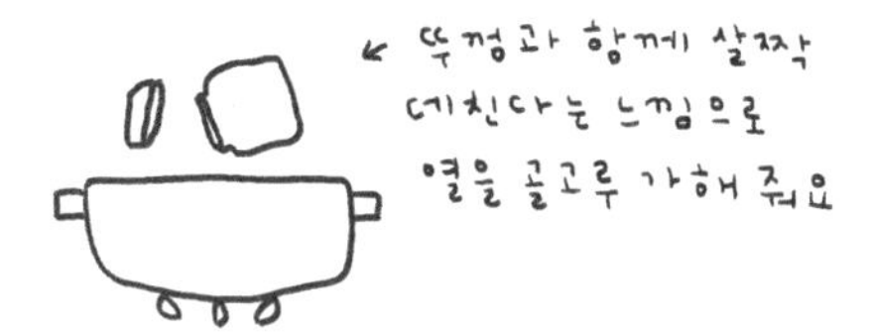

② 토마토에 열십자(+) 칼집을 내고
끓는 물에 15초 데친다

③ 토마토를 건져 찬물에 담가
분리된 껍질을 벗겨낸다

4 토마토를 1의 유리병에 넣고 토마토가 잠기도록 매실청을 부어준다

다른 재료도 이때 함께 넣어 줍니다

5 뚜껑을 닫고 한나절(6시간)에서 3일 정도 숙성시켜준다

6 한숨 푹 자고 일어나 뚜껑을 열어보면

매실 절임 토마토
완성

Episode 8

발끝이 부끄러운 날엔 청국장

입춘이 지나자 3월이 성큼 다가왔다. 아직 극세사 이불을 덮고 자는데 2월에서 3월으로 숫자 하나 바뀌었다고 자던 중 발바닥에 땀이 나 한쪽씩 번갈아가며 이불 밖으로 내놓게 된다.

날이 따듯해지니 슬슬 몸단장하고 싶어지는데 겨우내 살이 좀(많이) 올라 전보다 귀여움이 늘었고 맞는 옷은 줄었다. 곧 밖에 다니기 좋은 날씨가 될 것이고 옷차림이 가벼워지면 가뿐히 보고 싶은 사람도 늘어날 터, 더는 이런 나를 두고 볼 수 없어 덜컥 요가원에 등록했다.

한 블록 건너에 있던 헬스장도 멀어서 3개월치 등록비를 날린 전적이 있었기에 집에서 불과 70미터 떨어진, 말 그대로 엎어지면 코 닿을 거리에 위치한 요가원을 찾아냈다. 사람들이 잘 다니지 않는 대로변 뒤쪽, 카센터와 사무실로 즐비한 골목의 초입에 세워진 5층짜리 건물에 간판도 없는 요가원이 존재하다니 좀 묘한 기운이 감도는 것 같다. 오직 마음 수련에만 정진하는 사람들이 초를 켜고 모여 가부좌를 틀고 있는 모습을 상상하며 조심조심 계단을 올랐다.

요가원 문을 열자 상상했던 것과는 다르게 밝고 화사한 공간이 펼쳐졌다. 오른편엔 크게 통창이 나 있고 그 아래 놓인 좌식 테이블엔 세 분이 먼저 와 내리쬐는 햇볕을 맞으며 앉아 계셨기에 나도 어색하게 인사하고 그 옆으로 다가갔다. 앉으려고 자세를 잡는데 뭔가 까슬한 것이 내 종아리를 스쳤다.

'뭐지?'

익숙한 촉감, 그건 건조함을 이기지 못하고 쩍쩍 갈

라져 거칠 대로 거칠어진 내 발바닥이었다. 나는 누가 볼세라 얼른 자세를 바꿔 무릎을 꿇었다. (발바닥은 엉덩이 밑에 욱여넣었다.) 밖에 발 내놓을 일 없어 신경 쓰지 못했는데 하필 요가원에서! 이건 큰 낭패다.

처음 보는 수강생분들과 인사하는 내내 발바닥 생각이 떠나지 않아 눈알을 도로록 굴리고 있는데 내 앞에 따뜻한 차 한 잔이 놓였다. 차 이름을 말씀해주셨는데 귀에 들어오지 않았고 아무도 내 발바닥에 관심 가지지 않게 얼른 수업에 좀 들어가고 싶은 급한 마음이 들어 뜨거운 차를 세 모금 만에 전부 마셔버렸다. 그걸 보고 원장님은 “차를 참 좋아하시나 봐요.” 하며 새로 잔을 채워주셨는데 그걸 시작으로 총 여덟 명의 회원이 전부 차를 두 잔씩 마셨다. 여전히 무릎을 꿇은 채였다. 그렇게 내 첫 요가 수련은 저리고 까슬한 발바닥으로 시작됐다.

제일 처음 한 동작은 ‘아기 자세’였다. 무릎을 꿇은 채 상체를 숙여 두 팔을 만세 하듯 땅에 낮게 붙여 절하는 자세. 심호흡을 하고 호흡을 따라 몸을 이전에 닿아본 적 없는 곳에 두어보면서 어깨를 끌어내리고 척추를 곧게 펴고 팔을 더 높게 끌어당기는 동작이다. 동시에 발바닥을

누구에게도 안 보이게 하는 것은 힘든 동작이기도 했다. 집중력이 흐트러지자 중심도 따라 무너지고 몸이 앞뒤로 휘청였는데 그때마다 원장님이 다가와 여러 번 내 어깨를 꾹 눌러주셨다.

동작은 계속 이어지고 이마에 맺힌 땀방울이 매트 위로 똑 하고 떨어졌을 때, 나는 '다운 독(down dog) 자세'를 하고 있었다. 엉덩이를 높이 들고 엎드려뻗친 모습이 마치 강아지가 기지개를 켜는 것과 비슷하다고 해서 이름 붙여진 자세다. 손과 발 모두 매트에 붙여놓는 것이 중요하지만 나는 무릎 뒤가 너무 당겨 할 수 없이 까치발을 들게 되었는데 따라주지 않는 몸의 유연함과 싸우느라 갈라진 발바닥은 어느새 두 번째 문제가 되어 있었다.

그때 원장님이 다시 한번 조용히 내 뒤로 다가왔다. 그리고 내가 알아챌 새도 없이 내 뒤꿈치를 두 손으로 잡았고 놀란 내가 어떻게 반응하기도 전에 꾹 눌러 그대로 바닥에 붙였다. 발바닥이 매트에 딱 달라붙으니 달달 떨리던 무릎이 멈추고 몸의 중심도 더 이상 흔들리지 않았다. 원장님은 이게 다 몸이 열려가는 과정이라고 하셨다.

몸이 열린다. 봄에 새싹이 들썩들썩 땅을 열고 기지개를 켜듯 몸도 들썩이며 뭔가를 열고 나오는가 보다. 이

봄과 함께 굳은 몸을 여는 것이 기뻤다. 까슬한 발바닥 같은 건 이제 더 이상 신경 쓰이지 않았다.

"요가는 완벽하기 위한 동작이 아니에요. 용기를 얻기 위한 시도입니다. 넘어져도 괜찮아요. 계속하세요."

오늘 수련의 마지막 순서였던 '머리 서기'를 할 때 원장님이 하신 말씀이다. 정수리를 땅에 대고 깍지 낀 두 손을 머리 뒤에 받쳐 코어의 힘으로 두 발을 하늘로 보내는 자세인데 보기에도 어려워 보이지만 실제로도 '열심'의 수련이 필요하다고 한다.

가만히 생각해보니 이 자리에 내가 머리 서기를 해내리라 기대하는 사람은 아무도 없을 것 같다. 못해낸다고 해서 채근하는 사람 또한 없을 테지. 나한테 살이 쪘다고, 발바닥이 지저분하다고 몰아붙이는 사람이 있다면 그건 아마도 나 자신일 것이다.

겨울을 보내는 동안 거칠어진 발바닥으로 단단히 땅을 딛고 서고, 머리 서기를 하며 발을 하늘로 보낸다. 무겁고 뻐근해진 몸은 쉽사리 나를 들어 올리지 못한다. 그러나 넘어져도 괜찮다. 그저 계속 시도할 용기와 지속할 끈

기만 있다면 그렇게 쌓이는 시간 동안 어느 날엔가 머리로 서게 되는 날도 올 것이다. 이젠 살찐 몸이나 하얗게 일어난 발바닥 같은 건 내게 아무것도 아니다. 이런 시도라면 나는 몇 번이고 평생 계속하고 싶다고 생각하면서 요가 첫 수업을 마쳤다.

몸을 쓰니 배가 고픈데, 묘하게 청국장이 당기는 건 기분 탓일까?

❶ 냄비에 참기름을 두르고
김치와 청국장을 함께 넣어 볶는다

❷ 김치가 노릇하게 익으면 물 또는 육수를
2컵 넣고 센불에 바글바글 끓인다

❸ 깍둑 썬 두부와 불린 버섯, 대파와 양파 등을 모두 넣고 조금 더 끓인다

❹ 소금으로 간을 한다. 뭔가 부족하면 마늘과 된장을 넣어도 좋다

❺ 간을 마치고 한 김 더 끓인다

구수~한 한끼 완성

청국장은 정말 오랜만에 해 먹었다
맛도 좋지만
환기 좀 할까?
왜 기분이
나쁘지...

Episode 9

근사한 계절에 곁들일

달래 파스타

아침에 간단히 차 한 잔 마시고 집 근처 광장에 나왔다. 벤치에 앉아 잠깐 햇볕 쬐는 몇 분 동안 패딩 입은 사람과 트렌치코트 입은 사람, 반팔 입고 강아지와 산책하는 사람들이 지나갔다. 3월 봄 한가운데에 겨울의 끝자락부터 여름의 초입까지 모두 담긴 모습이 귀여워 웃었다.

이러고 있으니 언젠가 봄에 떠났는데 도착하니 마치 한여름 같았던 제주도 여행이 떠오른다. 맨투맨 차림이었는데 땀이 날 정도로 후덥지근했다. 손으로 차양을 만들어 눈을 찡그린 채 높이 솟은 야자수를 한 번 올려다보고

저항 없이 맨투맨을 벗어 속에 받쳐 입은 반팔 차림으로 걸었다. 육지에서 온 나그네의 맨투맨을 벗기는 건 어쩌면 제주의 햇빛이었을지도 모른다고 생각하며 버스에 올라 약 두 시간 반을 달려 첫 번째 목적지인 '종달리'에 도착했다.

종달리. 이름처럼 오밀조밀하고 구불구불한데 그 길을 따라 걷다 보면 어디서 새 지저귀고 아이들 웃는 소리가 저기 낮은 돌담을 넘어와 내 귓가에 방울방울 매달리는 것 같은 마을이다. 종달초등학교 정류장에서 내려 조금 걸으면 하늘에 만국기가 펄럭이고 그 아래엔 알록달록한 학교가 보이고 더 밑엔 조그마한 운동장과 운동장을 둘러싼 다홍색 육상 트랙이 눈에 들어온다. 장담하는데 그 풍경에 마음 빼앗기지 않는 어른은 아무도 없을 것이다. 주변을 슬쩍 확인하고 아무도 없다면 기쁘게 한 바퀴 돌아보자.

곧 마을로 들어서는 골목 입구가 눈앞에 뿅 하고 나타난다. 그 골목길을 따라 들어가면 온통 작고 낮고 파랗고 종종 초록인 마을 풍경이 펼쳐진다.

제주의 귤만큼이나 채도 높은 주황색 낮은 지붕들을 따라 이쪽저쪽을 한참 기웃거리다 보면 어렵지 않게 최

종 목적지 '소심한책방'을 발견할 수 있다. 지금은 더 큰 공간으로 이사한 것 같지만 내가 방문했던 때만 해도 동네 조그마한 책방이었다. 이름만 들어도 아는 유명 작가의 책부터 아기자기한 그림책, 보는 것만으로도 의미가 전달되는 아름다운 그래픽이 그려진 외서까지 전부 제자리를 알고 채워진 듯 자연스럽고 근사한 공간이었다.

서점 중앙 네모난 테이블 위에는 판형이며 표지, 구성과 분량에 규칙성이라곤 찾아볼 수 없는 책들이 마치 테트리스 하듯 아귀를 맞춰 진열되어 있었는데 바로 독립출판물 코너였다. 나는 그때까지 그렇게나 많은 사람들이 혼자서 책을 펴내기로 작정하는 줄 몰랐다. 본인이 본인에게 청탁해 쓰인 원고는 내용도 제각각이었다.

술이 좋아 날마다 바를 찾다 감질나서 배워버린 칵테일 레시피, 하룻밤을 함께 보낸 남자들의 이름만 빼고 나머지를 낱낱이 풀어놓은 작자 미상의 글, 10개월간의 수영장 에세이, 형식도 목적도 드러나지 않는 잡문집까지…. 지금이야 독립출판물 파는 서점을 지역별로 몇 개씩 꼽아낼 수 있지만 그때의 나는 새로운 세상이라도 만난 듯 '보통' 사람들 이야기에 시간 가는 줄 모르고 빠져들었다. 그리고 이틀 치 밥값을 책값으로 몽땅 쓰고 나왔다.

여행을 마치고 일상으로 돌아온 뒤에도 나는 얼마 동안이나 그 책방에서 사 온 이야기들을 읽으며 막연히 '나도 책을 한 권 내고 싶다.' 생각했다. 그러다 일반인을 대상으로 한 글쓰기 수업에 나가서 글쓰기를 배우고 글이 좀 모이고 나서는 책 편집에 필요한 인디자인 기초 수업을 들었다. 책 만들기 워크숍은 해방촌에서 열렸다. 한여름에 해방촌의 기다란 오르막길을 걸어 오르며 흐르는 땀을 연신 닦으면서도 곧 내 책이 생기는 게 좋아 뜨거운 아스팔트 위에 아지랑이와 함께 흐물흐물하면서도 마냥 기뻤다.

그때 기억을 떠올릴 때마다 수업 중에 들었던 말이 함께 떠오른다.

"우리가 '근사하다'라고 말할 때의 '근사'는 '근사치'를 나타낼 때의 그것과 뜻이 같아요. 아마도 옛날에 누군가 그가 살던 모습이 스스로 바라는 모습과 거의 같아 근사해졌을 때 문득 근사함을 느끼고는 너무 기뻐 자기도 모르게 외치게 되지 않았을까요? '근사하다!'라고."

종종 나의 근사함에 대해 생각한다. 제주의 책방에서 독립출판이라는 세상을 발견한 것이 내게는 근사했다. 책을 쓰고 싶어 책을 만드는 법을 배우며 해방촌 오르막을 오르며 근사했다. 그 시절은 내 삶의 한 페이지에 모서리를 접어둔 것 같다. 마음이 어려울 때면 손끝으로 그 자국을 더듬어본다. 내 삶의 모습이 내가 바라던 모습처럼 근사한지 그 페이지를 열어 가만히 손을 대어보곤 한다. 여전히 글을 쓰고 있고 내일도 쓸 수 있어 근사하다.

오늘 이 봄의 햇살이 떠올려주는 근사함에 대해 이야기하느라 멀리 바다 건너 제주까지 다녀왔다. 생각이 멀리까지 다녀와서 그런지 슬슬 배가 고픈데 봄엔 역시 봄나물이 근사하지. 집에 가는 길에 달래를 한 줌 사서 들어가야겠다.

봄에 근사한 달래 파스타 만들기 시작 ➡

1 달래를 손질하고 자른다

2 물에 소금 1큰술 넣고 면을 삶는다

3 팬에 마늘을 볶다가 달래를 넣고 함께
노릇해질 때까지 볶는다

4 삶아진 면을 3 에 넣고 볶는다

5 소금과 후추로 간을 맞춘다

6 접시에 보기 좋게 담는다

+ 치즈가 있다면 곁들여도 좋아요

아이참
군침이 사악 한다
달래 파스타 완성
나도 한 입만 달래...

Episode 10

미워하는 미워하는 미워하는 마음 없이.
아침에 맛있는 샐러드

아직 깜깜할 때 눈을 떴다. 쓱쓱 마룻바닥에 스치는 내 발소리 들으며 주방으로 향한다. 주전자에 물을 반쯤 받아 불 위에 올려두는 사이 고양이들은 발소리도 없이 와서 내 다리 사이로 왔다 갔다 몸을 치댄다. 나는 애들 안 밟는 쪽으로 걸음을 옮겨 식탁으로 가 어제 읽다 만 책을 펼친다. 물 끓는 걸 쳐다보느라 몇 페이지 넘기진 못해도 일어나 차를 끓이고 앉은 풍경에 책 읽는 내가 포함된 것만으로 기분이 좋아지니까 단 몇 줄로도 충분한 아침이다.

물이 다 끓으면 머그잔에 따르고 향이 좋은 차를 골

라 비스듬히 잠기게 두고 책상으로 가 앉는다. 밤사이 도착한 메일을 확인하다 보면 멀리서부터 푸르스름하게 해가 번져온다. 오는 줄 알고 있던 아침이 진짜로 오는 모습을 바라보고 있으면 내가 오리라 믿고 있는 일들도 언젠가 전부 일어날 거라는 희망도 함께 번지는 것 같다.

매일 해가 열어둔 아침에 느지막이 일어나 하루를 시작하지만 어쩌다 아침보다 먼저 일어나 해를 손님처럼 맞이하는 날은 마음가짐부터 다르다. 오늘 할 일을 정리하고 샐러드를 만들어 먹고 여유가 되면 요가를 다녀와서 해야 할 업무도 미리 정리한다. 이렇게 다음에 올 일들을 하나둘 예비하다 보면, 오후에 틀림없이 그 도움을 받게 된다. 그럴 때면 내가 나에게 잘해주고 있다는 생각이 든다.

내가 살며 터득한 '다정'을 내게 잘 쓰고 있다는 느낌. 전엔 막연히 삶 곳곳에 나를 깜짝 놀라게 할 대단한 사람이, 또는 사건이 나타나주기를 바랐지만, 그건 스스로 만들어야 한다는 걸 이제는 안다. 밤에 누워 안심하는 일이 누군가에게는 당연한 일과일지 모르겠으나, 나는 최근 편안한 밤들이 금세 또 사라질까 걱정이다. 그래서 일상 곳곳에 불편함이 끼어들 틈 없도록 내가 '아는 일들'로 촘촘히 채워 넣고 돌보는 일에 시간을 많이 쓰고 있다. 미리 아는 일들이 예상 가능한 범주에서 일어나는 하루가 반복되는 일상이 귀하다.

요즘 나는 요가 시간만 기다리는 사람 같다. 요가를 생각하며 일하고, 요가 다녀와서 요가에 대한 글을 쓰고, 요가원에 가기 위해 일찍 잔다. 평소에 하던 고민의 대부분은 요가를 하며 해답을 찾거나 사라진다. 오늘도 생각이 가득해 머리가 무거웠는지 자꾸만 자세가 틀어지고 이리저리 휘청이고 있는데 원장님이 내 옆에 와서 기울어진 자세를 바로잡아주며 말씀하셨다.

"오늘 손 겨우 뗐으면 내일은 2초 버텨보는 거예요. 다음엔 3초, 한 번에 좋아지지 않아요. 최선을 다하세요. 동작 말고, 지금 내 현재에."

뭐든 한 번에 좋아지지 않는다. 하루 잘 보냈으면 다음엔 이틀 그렇게 살아보고자 최선을 다하는 수밖엔 없다. 오른쪽으로 기울이고 싶으면 왼발에 더 힘을 주어야 넘어지지 않듯이 가고 싶은 쪽이 멀리 있을수록 현재에 디딘 발에 더 힘주는 수밖에.

요가를 마치고 나오는데 아래층에 새로 뭔가 들어오려는지 한창 공사가 진행 중이다. 공사 소음 사이사이로 심수봉 선생님의 <백만 송이 장미> 한 구절이 흘러나온다.

미워하는 미워하는 미워하는 마음 없이
아낌없이 아낌없이 사랑을 주기만 할 때
백만 송이 백만 송이 백만 송이 꽃은 피고
그립고 아름다운 내 별나라로 갈 수 있다네

어쩐지 꼭꼭 씹어 삼키게 되는 가사를 내내 되뇌며 돌아오는 길에 중고 거래를 하나 성사하고 딸기를 한 팩 사 왔다. 돈 번 것보다 딸기 사서 돌아온 게 더 마음이 좋았다. 내일 아침엔 샐러드에 딸기를 넣어야지.

어제보다 촘촘하게 보낸 아침인데 마감까지 예비하지는 못한 탓에 당장 저녁이 초조해진다. 하지만 오늘 2초 버텼으면 내일은 3초도 버틸 수 있다는 것, 계속하면 언젠가 멀리 번져오는 아침처럼 '되는 때'가 온다는 것을 나는 알고 있다. 그러면 또 4초만큼 버텨내야지. 미워하는 미워하는 미워하는 마음 없이.

❶ 과일을 씻어 먹기 좋게 썰어 접시에 담는다

❷ 치즈를 가운데 올린다

* 다른 치즈로 대체 가능하지만 과일과의 궁합을 생각하면 부라타 치즈가 제일

❸ 올리브오일을 두르고 그 위에 허브 솔트를 뿌린다

아침 샐러드 완성

토마토와 곁들이면 조금더 담백!

실제로 오일 파스타 맛이 나서
다이어트에 도움이 되었음

Episode 11

깨진 마음 달래주는
달래장과
배추쌈

우리집 고양이 2호 야룽이가 도자기를 깼다. 내가 직접 빚은 도자기, 직사광선을 피해 선선한 데 두고 일주일 말려서 공방에 초벌 맡기고 다시 찾아와 이제 색을 칠하고 재벌만 하면 완성될 컵이었다. 그러니까 다 만든 것과 다름없었다는 말이다. 오목한 컵 양쪽으로 손잡이 달린 모양이 내가 보기엔 제법 원숭이 같아서 '머그숭이'라 이름 지어주고 얼굴도 그려 넣고 벌써 예뻐하고 있었는데 잠깐 식탁 위에 올려둔 사이 옆에서 식빵 굽던 야룽이의 고 작은 엉덩이에 밀려 바닥으로 추락해버린 것이다.

산산조각 난 머그숭이를 바라보다 야룽이와 눈을 맞추니 안 그래도 동그란 눈을 더 동그랗게 뜨고 앉아 있다. 이 순간 누가 고양이를 탓할 수 있을까, 이게 다 컵을 식탁 위에 둔 내 탓이다. 사과를 받아들였다고 해서 마음 상하지 않은 건 아니듯(야룽이는 사과도 안 했지만) 상황은 받아들였지만 괜찮아지진 않았다. 계속 속상한 채로 깨진 조각을 주워 담고 있는데 문득 2020년에 『혼자 보는 일기』를 만들 때가 생각났다.

글은 다 쓰고 책으로 엮기 직전이었는데, 쓰는 것까진 혼자 했어도 책 만드는 일엔 아직도 확신이 없었다. 어디라도 가서 이런 건 좋지 않다거나 이 부분은 이런 쪽으로 고치는 편이 더 좋을 것 같다는 등의 소위 책 만들기에

그럼 이제 컵을 어디다 두지요.

정해진 정답을 듣고 싶었다. 그래서 이곳저곳에 책에 대한 요령과 조언 같은 걸 구하러 다녔는데 가장 마지막에 찾아간 스토리지북앤필름의 '나만의 책 만들기 워크숍' 수업에서 들었던 이야기가 이후 내 태도를 정해주었다.

"현실에 타협해가며 만들어봅시다."

주로 현실은 비관하는 쪽에 가깝던 나에게 꼭 필요한 말이었다. 책은 내가 처음 생각했던 것과 달라진 것 없이 그대로 만들어졌다. 다만 달라진 건 내 마음이었다.

내가 좋다고 생각하는 서체와 그림을 내가 정한 형태로 두어도 불안하지 않았다. 안 되는 것을 더 붙들고 있느라 괴로워지면 얼른 현실에 타협하고 때로는 그냥 지기도 하면서 만들었다. 덕분에 『혼자 보는 일기』는 언제 펼쳐봐도 그때의 나를 보는 듯 무리 없이 좋은 책으로 남았다. 생에 처음 오롯이 내가 가진 능력만 써서 나 혼자 시작부터 끝까지 책임져본 경험이었다.

어쩌면 나는 그때 나도 모르게, 내가 모르는 곳에서, 분명 틀린 부분이 있을 거라고 믿었던 것 같다. 책 만드는 일을 처음 하는 나는 '모르는 사람'이고 분명 '더 아는 사람'에게 가서 물어보면 틀린 걸 바로잡아줄 거라고, 그래서 지금보다 더 나은 걸 내놓아야 한다는 생각을 내내 품고 있었던 것 같다.

삶은 내가 쓰는 책이다. 판형이며 글자 크기, 재질 등 내가 정하는 그대로가 그때의 최선이다. 그 밖의 모르는 일은 그때 처한 현실과 타협할 일이지 남에게 물어서 될 일이 아니란 걸 책을 쓰며 오래 생각했다.

그런 의미에서 지금 내가 할 일은 숨 한 번 크게 쉬고 내가 놓인 현실에 깨진 머그숭이와 타협해 얼른 더 멋진 머그숭이 2를 만드는 것이겠다. 나머지 마음은 달래장에 배추쌈 찍어 먹으면서 달래볼까나.

달래장과 배추쌈 만들기 시작 ➡

1 알배추를 한 장씩 떼어
숙주, 버섯과 함께 찜기에 깔아준다

2 1 위에 고기를 펼쳐 얹고
뚜껑을 닫아 쪄낸다

③ 달래장을 준비한다

1. 달래 한줌을 1cm 간격으로 썬다

2. 진간장 3큰술, 물 1큰술 넣는다

3. 고춧가루와 참기름 ½큰술 넣는다

* 통깨가 있으면 좋다

④ 다 익은 찜기의 재료들과 달래장을 접시에 옮겨 담고

⑤ 배추 위에 하나씩 올려
돌돌 말아 달래장 콕! 찍으면~

달래장과 배추찜 완성!

달래장 쟁여두면
김이랑 밥만 있어도

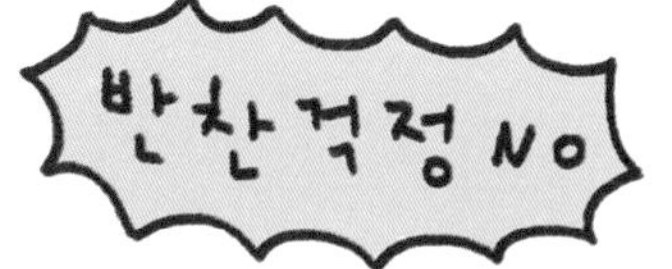

실제로 달래장 만들고
몸무게가 늘었다는 보고...

Episode 12

멀리서부터 오는 것들,

참기름과 냉이 만두

마트에 냉이가 없다. 밖엔 며칠째 비가 내리고 내린 비에 봄꽃이 다 씻겨가는 바람에 곧 태어나는 벌들은 먹을 꿀이 없어 큰일이라는데 냉이마저 쏙 들어갔다. 봄이 가고 여름 오는 것뿐인데 계절 가는 건 매년 새로 반갑거나 때로 서운하다. 창밖으로 비에 젖은 아스팔트를 내려다보다가 혹시 땅과 더 가까운 엄마(토마토 농장주)에게는 아직 냉이가 남아 있을까 전화해보니 엄마 사는 청평엔 냉이가 역시 남아 있다고 한다.

엄마랑 나는 지난번 반찬 싸움 이후로 더는 반찬을

두고 싸우지 않는다. 엄마는 말없이 뭘 보내는 대신 넌지시 필요한 게 없는지 물어보는데 그럴 때 나는 전과 다르게 뭐라도 작은 걸 보내달라고 한다. 그게 이번엔 냉이였다. 바로 다음 날 도착한 엄마의 소포엔 냉이와 함께 달래와 보라색 제비꽃이 따라 왔다. 이것저것 잔뜩 넣어 보내고 싶은 마음을 달래 사이사이 얼굴 들이민 요 보라색 제비꽃에 숨겨 보낸 것 같아 매번 아무것도 필요 없다 말하는 딸인 것에 조금 미안한 마음도 들었다.

서로가 서로에게 어떤 영향력을 끼칠 수 있도록 부러 모자란 구석을 내보이는 것도 관계를 존중하는 하나의 방식이라면 조만간 뭔가 또 보내달라고 해볼까 생각해본다. 그러던 중 주방 한쪽에 이제 막 다 비어가는 참기름병이 눈에 들어왔다.

이 참기름은 나의 오랜 팬인 '랑이'가 준 것인데 랑이는 그녀의 반려견 이름이기도 하다. 랑이(사람)가 내게 SNS 메세지로 랑이(강아지) 자랑을 하면서부터 그녀의 존재를 알게 되었기 때문에 쭉 그녀의 반려견 이름인 랑이로 부르게 되었다. 아무튼 랑이는 이름과 얼굴을 잘 기억하지 못하는 내가 이름도 얼굴도 단번에 기억하는 몇 안 되는 팬이다.

그녀는 지난 내 전시에 와 복권 몇 장과 급히 쓰다 만 두 마디짜리 편지를 주고 가는 등 어딘가 살짝 이상하지만 웃기고 다정한 구석이 있는 사람이다. 와중에 그 복권이 7천 원이나 당첨되어 내게 금전적 도움까지 주었다. 참기름은 그 이후에 준 것인데, 행사장에 찾아와 가방에서 주섬주섬 갈색병에 담긴 이 고소한 걸 꺼내 내게 건넬 땐 잠깐 우리가 친척이었던가 착각할 정도였다.

그녀의 가방에서 나온 것이 참기름이란 걸 알아차린 순간 나는 웃음을 빵 터트리고 속으로는 이상하리만치 안도했더랬다. 좋아하는 사람들을 만나고 온 날이면 혹 넘치거나 모자라지 않았는지, 집에 돌아와 씻고 잠들 때까지 복기하는 일을 이제 더 안 해도 되겠다. 용감하게 나의 방식으로 마음을 전하는 일이 얼마나 사랑스러운지 눈앞에서 확인받았기 때문이다.

그저 조금 재밌으라고 가져온 줄 알았던 참기름이 실은 그녀의 외할머니께서 직접 농사지어 짠 것이란 말을 듣고는 눈이 튀어나오는 줄 알았다. 나는 "세상에나." "어머, 어떡해." 하면서 나오는 대로 연신 고마움을 표현했으나 참기름을 이만큼 먹는 동안 마음이 더 오래 좋았으니 인사가 한참 모자랐다는 생각을 지금껏 가지고 있었다. 그런 참기름의 바닥이 보이는데 아무 데나 휘휘 둘러 먹을 순 없지.

엄마가 보내준 냉이로 만두를 빚기로 한다. 냉이와 숙주를 데쳐 다지고 으깬 두부의 물기를 꼬옥 짜면서 멀리서 내게 온 마음들을 생각한다. 먹고사는 일에 조금 더 정성을 들이고 싶어진다. 만두피 모서리에 물을 묻히고 소를 채워 꾹꾹 오므려 닫는 동안엔 더 야무지게 살겠노라 다짐한다. 마지막 남은 참기름의 한 방울까지 모아 양념간장을 만들고 뽀얗게 찐 만두를 콕 찍어 호호 불어 먹으면서 문득 깨의 꽃은 어떻게 생겼을까 궁금해 찾아보았다. (깨꽃이 이렇게 예쁜지 처음 알았다.) 이 꽃들이 어디선가 피고 지고 다시 깨로 나겠지. 요만한 씨앗이 흙에서부터 내게로 오는 그 모든 인과를, 따뜻한 마음은 결국 다른 사람의 마음까지 그렇게 만든다는 진리를 마음에 담으며 만두를 더 꼭꼭 씹어 먹었다.

귀한 건 멀리서 온다. 어렵게 온다. 엄마가 보내주는 제비꽃 섞인 냉이 소포가 그렇고, 랑이 외할머니께서 직접 농사지어 랑이가 부러 가져다준 참기름이 그렇다. 언제 틔울지 모를 의미들을 저마다 씨앗 속에 품고 해를 지나 누

군가의 봄에 피기를 기다린다. 여기 봄꽃은 비와 함께 지고 계절은 또 가지만, 지금부터 어디 먼 곳에서 내게 오기를 숨죽여 기다리는 것들이 이 세상 곳곳에 씨앗으로 숨어 있다 생각하면, 나는 지금 빈손이라도 주먹 꼭 쥐고 그 곱고 보드라운 얼굴들을 상상하며 웃을 수 있게 되는 것이다.

1 냉이와 숙주를 데쳐 다진다

2 두부를 으깨 1과 섞어 면포에 담아 물기를 꼭 짠다

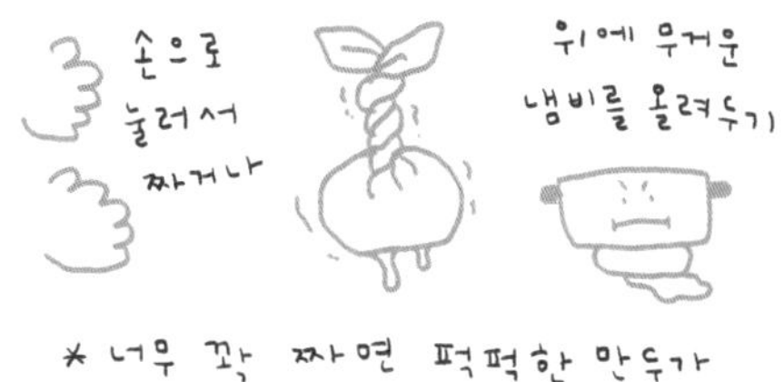

* 너무 꽉 짜면 퍽퍽한 만두가 되어버리니까 촉촉함을 유지해줘요

3 버섯을 송송 썰어 마늘, 굴소스와 함께 볶는다

4 2 와 3 을 섞어 소금과 후추로 간을 하면 만두소 완성!

저는 기본으로 가겠습니다

클래식 is 더 베스트

5 다 빚은 만두를

찜기에 넣어 찐다

6 만두가 익을 동안 양념장 준비!

소스류는 취향대로
비율을 맞춰주세요~

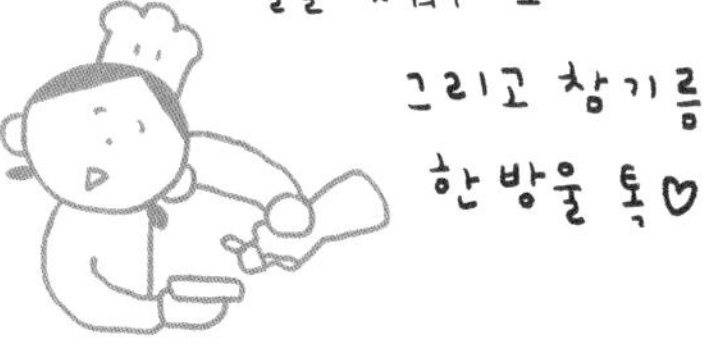

찜기 올리고 10분 후~

뚜껑을 열어보면~?

날 만두왕
이라고불러
어머나
곱다아~
멀리서 온 냉이만두 완성!

찐만두를 촉촉하게
멋진 간장에 찍어줘~~

Episode 13

생일에 쩨쩨한
나의 파김치
+ 쟈샤 쟈샤

올해 생일은 어쩐지 마음이 소란해 혼자 조용히 보내고 싶었다. 이럴 줄 알고 몇 달 전에 생일에 맞춰 후쿠오카행 비행기표를 끊어두었는데 이때쯤이면 끝났을 거라 예상했던 만화 원고를 지금까지 붙들고 있을 줄은 꿈에도 몰랐다. 후쿠오카는 결국 못 가게 되었다. 조금 바쁘다 싶으면 안에 든 그릇이 간장 종지만큼 작아져 마음 씀씀이까지 쩨쩨해지는데 하필이면 생일에 이런 상황이니 축하도 선물도 마냥 고맙게 받아지지 않고 부채감으로 쌓인다.

다들 착하고 다정한데 나만 혼자 꼬이고 삐뚤게 놓

여 툭 불거진 것 같으면 내가 가진 모서리에서 더 편평한 곳으로 멀리멀리 달아나고 싶다. 지금 굴곡진 내 상황과 달리 잘 다려진 것처럼 기다랗고 길쭉하고 단정한 것을 생각하자니 냉장고에 든 파김치 한 통이 떠올랐다. 이전에 담가본 적도 없고 좋아하지도 않았지만 마트에 쪽파 한 단이 1,500원이길래 덜컥 집어와 담가둔 파김치였다.

나는 일이 잘 안 풀리고 생각이 길어질 때면 얼른 옷을 주워 입고 집 앞 5분 거리에 있는 마트로 향한다. 선택할 수 없는 것들 사이에 오랜 시간 둘러싸여 종종거리는 것보다 쉽게 과자라도 하나 골라 나올 수 있는 장소에 나를 데려다놓는 것이 일에도 기분 전환에도 도움이 된다는 걸 알고부터는 오래 고민하지 않고 그곳에 간다.

새로운 것을 보며 잠시 한눈팔다 보면 의외의 곳에서 우회로를 만나게 되는 법. 세일 코너에 놓여 있던 이 쪽파 한 단이 그날 내 우회로였다. 지금 내가 가진 것 중 가장 넉넉한 건 그날 만든 파김치 한 통이 전부다. 거기서부터 나는 새롭게 우회로를 만들어본다. 마음은 넉넉하지 않지만 파김치와 함께 내가 태어난 곳으로 돌아가보기로 한 것이다. 엄마한테 가면 어디 편평한 데가 분명히 있을 거야 생각하면서.

시외버스 터미널에 가서 춘천행 버스를 타고 약 두 시간 정신없이 졸다 보면 청평 터미널에 도착한다. 그곳에 엄마가 마중 나와 있다. 함께 차를 타고 집으로 들어가 내가 담가온 파김치 자랑을 한참 하다 엄마를 따라 주방으로 들어간다. 파전 한 장 부치는 동안 식탁 위는 금방 엄마의 미역국을 비롯해 갖가지 봄나물과 장아찌로 가득 채워지고 그 옆에 내가 담근 파김치도 함께 놓였다. 내가 태어난 계절은 이렇게 먹을 게 많다. 엄마는 연신 내 국그릇에 소고기를 골라 얹어주고, 나는 보들보들한 미역국을 한 숟가락 넘길 때마다 속이 빵빵하게 채워져 모난 데 없이 절로 둥그스름해지는 것 같다.

밥을 다 먹고는 엄마가 달래와 어린잎 채소 몇 가지

를 챙겨 가라고 해서 같이 밭으로 나갔다. 쪼그리고 앉아 호미질을 한 번 하니 흙내음이 사방으로 퍼진다.

"이게 달래야."

굴리다 만 밀가루 옹심이같이 하얗고 작은 동그라미들이 땅속에서 와글와글 나왔다. 엄마에게 달래를 캐서 다듬는 방법을 배웠다. 달래는 캐낸 자리에서 다듬는 거라고 한다. 뿌리 곁에 붙은 덜 자란 아기 뿌리는 먹지 않고 떼서 난 자리에 다시 심어줘야 거기서 또 자라고 또 자란다고 한다.

"다 먹어버리면 그걸로 그만이지만 조금 남겨두면 이 자리에서 또 나는 거야. 한곳에 머물러 사는 사람들은 두고두고 다음을 생각하는 거야."

난 이 말이 너무 좋아서 소리 내서 한 번 더 말해봤다. 머물러 사는 사람들은 두고두고 다음을 생각하는 거야. 남긴 마음이 적어 다 쓰지 못하는 지금의 내가 어딘가에 조금 남겨둔 마음이 또 자라면 이다음에 넉넉하게 쓸 수 있을 것만 같아 구겨진 어깨가 조금은 펴진다. 먹을 것도 배울 것도 많은 참 좋은 계절에 나는 태어났구나. 그나마 파김치라도 가져와 나눠 먹지 않았으면 이 봄에, 내 생일에 다들 넉넉한데 나만 쩨쩨할 뻔했다.

엄마도 나도 몰랐는데 성인이 된 후 엄마가 끓여준 미역국을 먹은 건 이번이 처음이었다. 매번 생일마다 친구 만난다고, 일하느라 바쁘다고 뱅뱅 돌다 보니 그랬다. 마치 달래처럼 난 데로 가 미역국 먹고 새 마음 내고 와 좋은 생일이었다. 모난 마음이 판판해졌으니 집에 돌아가면 축하해준 친구들에게 고맙다고 인사해야지. 그러고 보니 엄마는 생일에 어디서 미역국을 먹고 새 마음을 내려나?

❶ 쪽파를 깨끗이 다듬고 흐르는 물에 씻는다

❷ 적당한 용기에 가지런히 넣고
액젓 150ml를 부어 절여둔다

❸ 다 절인 ❷에 물 100ml와 설탕 깎은 1큰술,
다진 마늘 듬뿍 1큰술, 고춧가루 15큰술을 넣고
골고루 버무린다

* 맨손으로 하면 손이 매우니 꼭!
비닐 장갑을 착용하세요

❹ 가지런히 정리하고 하루 정도
상온에서 익힌 뒤 냉장보관

하루만 익혀도 맛있어요

하지만 3일을 익히면? 아주 끝내줘

Episode 14

봄과 여름과 일과 나 사이,
달래 버터 파스타

달래가 끝물이라 달래 버터를 만들었다. 상온에 두어 말랑해진 버터 200그램에 달래 한 줌 다져 넣고 소금 두 꼬집 넣으면 되는 아주 간단한 레시피다. 한 번에 몽땅 만들어 얼려두면 두고두고 토스트며 파스타를 향긋하게 즐길 수 있어 유용하다. 음식을 만들어 먹다 보면 계절 오고 가는 것과 제철인 식재료에 절로 관심이 커진다. 그러면 봄이 어디쯤 있구나, 금방 눈치챌 수 있게 된다. 지금은 이제 막 갈 채비를 마치고 봄과 여름의 중간 그 사이 문턱 위에 서 있는 듯하다. 그 계절 사이에서 일과 나 사이 벌어지는 일에도 생각이 많아지는 요즘, 봄 가는 길에 겸사겸사 놓지 못하고 있던 마음도 하나 같이 들려 보낼까 한다.

너무너무 쓰고 싶던 이야기가 있어서 혼자 내기로 마음 먹었던 책이 있는데 쓰지 않기로 했다. 어려웠기 때문이다. 스스로 포기한 것에도 상처를 받는 나는 아, 글 쓰는 일은 맞지 않는가 보다, 글쓰기는 그만두고 그림을 더 사랑해야지, 하면서도 매주 금요일 원고 마감을 해내고 나면 끝내 글을 써낸 내가 대견하고 예뻐서 절대로 나는 글을 그만두지 못하겠구나, 매주 새로 알아차리곤 했다. 글쓰기를 포기했다는 사실을 글로써 위로받는 것이 웃기다 싶다가도 옛날 속담에 '서울에서 뺨 맞고 안성 고개 가서 주먹질한다'는데 나는 서울에서 맞고 서울에서 주먹질 중이구나, 당한 곳에서 정확하게 분풀이하고 있구나 싶어 썩 나쁘지 않았다.

지난 금요일엔 만두를 빚고 글을 썼다. 안 해본 음식을 하니까 안 써본 글도 쓰게 되는구나 싶어 어제는 쪽파를 사다 파김치도 담갔다. 요즘은 밥 먹으면 글을 쓰게 되니까 산책 대신 저녁에 마트에 가서 못 보던 풀이며 열매, 딴 나라 소스 같은 걸 한참 들여다보다가 오는데, 할 줄 아는 요리가 늘어감에 따라 낼 수 있는 용기도 늘어가는 것이 좋아서 그중 제일 알 수 없는 재료를 사서 돌아온다. 이 글을 다 쓰고는 나가서 풋마늘 한 단을 사 올 생각이다. 뭐라도 되겠지, 내가 하겠지.

25회로 예정된 연재를 지금 딱 반 하고도 한 주 더 썼다. 열세 편의 글을 쓰는 동안 매주 맛있는 요리를 해 먹었다. 연재를 마칠 때쯤이면 열두 편의 글이 더 완성되어 있겠지. 지금 할 줄 모르는 요리도 몇 가지는 더 내놓을 수 있을 것이다. 그릇도 요리도 용기도 계속해서 새로 만들다 보면 안 쓰기로 마음 먹은 책도 다시 써볼 마음을 낼 수 있지 않을까.

그러니 나는 아직 어떤 것도 포기하지 않은 셈이다. 매주 할 일을 하나하나 해내는 동안 잠시 미뤄둔 꿈은 저마다의 크기로 알맞게 자라날 것이다. 그대로 두었다 꺼내볼 마음이 들 때 다시 들여다보면 된다. 지금은 그저 부풀어 오르는 시간이다. 이 모든 일은 결국 마음을 크게 내고 싶어 하는 일이다.

1 물에 소금을 넣고 면을 삶는다

2 팬에 오일을 두르고 마늘을 볶는다

3 마늘이 노릇노릇해지면 면수를 한 국자 부어

새우와 그린 빈스를 함께 넣고 익힌다

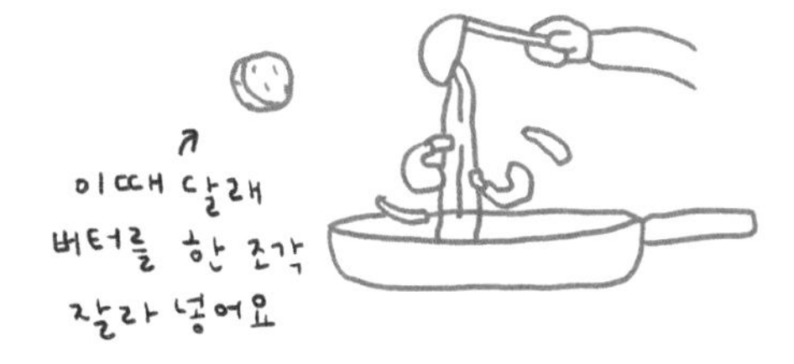

④ 면을 건져 ③과 함께 볶는다

* 소스가 너무 졸아들면 면수를 추가한다

⑤ 기호에 맞게 소금으로 간을 해
휘리릭 한번 볶아낸다

모두 5점 맛과 멋
흥! 당연하지
달래 버터 파스타 완성

Episode 15

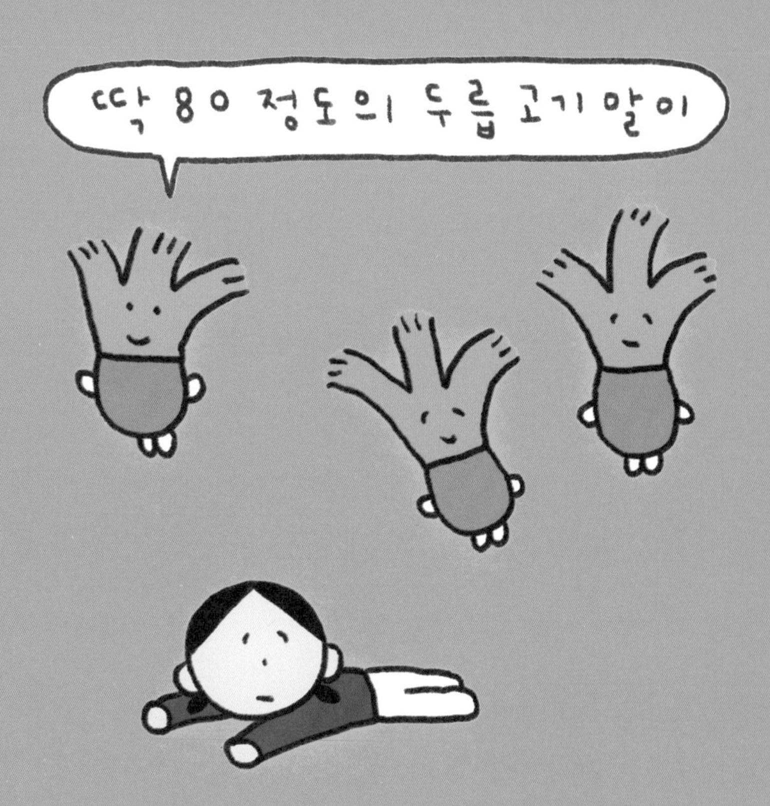
딱 80 정도의 두릅 고기 말이

만화책 『너구리 탐정 사무소』 작업을 드디어 마무리 지었다. 처음 나온 콘티가 어딘가 맘에 들지 않아 이틀 밤을 새워서 막판에 다 뒤집었더랬다. 이제는 밤새우면 며칠을 골골거리는 몸이지만 그렇게 하지 않으면 안 되는 일정이었다.

밤에 원고 넘기고 다음 날 오전에 충무로 가서 감리 보고 퀵으로 책을 받자마자 북마켓에 들고 나가 이틀 동안 팔고 나니 진이 다 빠졌다.

매번 돌아오는 마감 때마다 '생각은 짧고 굵게! 미루지 말고 펜부터 들고! 급하게 하지 말자!' 다짐, 또 다짐을 하지만 마감이 닥치면 금방 이 어지러운 일상으로 돌아온다. 내가 게으른 탓인가 괴로워하던 때도 있었지만 결국은 이게 다 할 수 있는 것보다 더 잘하고 싶은 욕심 때문이다.

『너구리 탐정 사무소』는 잔잔하고 평화로운 이야기다. 귀여운 애들 몇이 한 동네에 모여 살며 요만한 사건 가지고 큰일이라도 난 듯이 호들갑 떨다 하하하 웃으며 드러누워버리고 마는 그런 조그마한 이야기. 그런데 정작 그걸 그리는 사람 맘속은 그렇지가 못하다. 만족이라고는 모르는 꼬장꼬장한 노인네가 들어앉아 이것도 하라고, 이거 했으면 저것도 하라고 내내 호통을 치고 있는 것이다.

그러느라 지난주에 두릅을 한 팩 사다놓고도 여유가 없어 굽지도 찌지도 삶아 먹지도 못하고 있다.

당장 가진 것이 100인데 120만큼 하고 싶다면 20은 어딘가에서 빌려와야 한다. 나는 그게 비상식량처럼 어디나 모르게 꿍쳐두었던 힘을 꺼내 쓰는 줄로만 알았지 다음 주에 쓸 여력까지 헐어오는 줄은 몰랐다. 심지어 20을 미리 당겨쓰고 나면 나머지 80은 누가 고리(高利)로 빼가기라도 하는 건지 혼이 탈탈 털려 멍하니 붕 뜬 시간만 보내게 되는 것이다. 이걸 모르고 매번 여력을 다 빼 쓰는 통에 한참 정신 나간 채로 지내던 때도 있었다. 이러면 오래할 수 없게 되는구나 알아차리게 된 것이 그 와중에 소득이라면 소득이다. 세상 사는 건 이렇게나 야박하고 에누리도 없다. 어디서 넘치면 어디는 귀신같이 비고 만다.

열심을 먼저 써버리면 나중에 쓸 것이 남지 않으니 이제는 뭘 해도 너무 최선을 다하지는 말자고 다짐한다. 일에 몰두하다 보면 금세 잊어서 내가 나에게 자꾸 말해준다. 할 수 있는 힘이 100이라면 딱 80만큼만 하자고. 남은 20은 잘 됐다 친구들 만나고, 산책 나가고, 우리 고양이들이랑 놀기도 하고, 밥도 해 먹고 그러자고.

일과 쉼 사이에 균형을 맞추는 것에도 노력이 필요하다. 어느 한쪽이 기울면 금세 방전되고 만다. 오래 좋아할 수 없다.

어떤 일이 습관으로 자리 잡기까지 얼마나 걸릴까. 21일이 걸린다는 이도 있고 66일이 걸린다는 이도 있는데 어느 쪽이 맞는지는 모르겠다. 요가원을 다닌 지 한 달이 지났는데 여전히 습관이 되지 못한 걸 보면 나는 66일, 혹은 그보다 더 시간이 필요한 사람일지도.

가벼운 마음과 여유로운 태도를 관성처럼 만들기 위해서는 또 얼마나 시간이 필요할까. 잘 모르겠다. 아, 잔잔하고 평화로운 가운데 친구들 몇몇 모여 조그마한 사건 가지고 큰일이라도 난 듯이 호들갑 떨다 하하하 웃으며 드러누워버리고 마는 하루를 보내고 까무룩 잠들고 싶어라. 하지만 지금은 다음 마감이 기다리고 있다. 아쉬운 대로 어느 바쁜 날에 샀다가 깊이 잠을 재워둔 두릅을 데쳐 먹는 것으로 남겨둔 20을 쓴다. 합쳐서 100의 하루가 간다.

1 불고기용 소고기를 갈비양념에 재운다

2 두릅을 끓는 물에 살짝 데친다

3 데친 두릅을 찬물에 헹군 다음 물기를 꼬옥~~~ 짠다

4 두릅 줄기 부분에 양념된 소불고기를 두르고 예쁘게 뭉쳐 모양을 잡는다

5 팬에 줄지어 굽는다

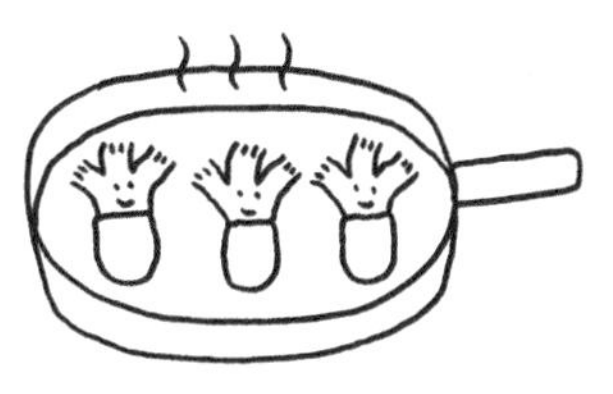

* 불이 너무 세면 표면이 탈 수 있으니 약한 불로!

갈비양념의 짭조름함과
두릅만이 알싸한 향~
두릅고기말이 완성

갈릭마요
찍어서
먹으면
짱 맛있어요
마요
피넛버터
완전 굿
없으면 없는대로!

Episode 16

비도 오고 그래서
강자전과
풋마늘 장아찌

비가 오길 오래 기다렸다. 창밖 노면에 빗물 튀는 소리 자작하게 들리기가 무섭게 나는 팬을 꺼내고 강판에 감자 두 개를 박박 갈고 있다. 오랜만에 비가 오는 날이면 축축한 흙냄새가 아파트 6층에 사는 내 코끝에까지 와서 묻는 것 같다. 평소 아스팔트만 보고 지내던 나는 가상의 대지 위에서 숨을 한번 크게 들이쉬고 그것만으로 채워지지 않는 허기는 땅 가까이에 나는 음식을 먹는 걸로 대신한다.

빗소리와 함께 감자전을 부치면서 콧노래를 흥얼거려본다. 일상 속 소박한 풍요에서 맘을 채우는 걸 보면 나도 언젠가는 어디 시골로 내려가 흙 가까이에서 살지도 모르겠다는 생각을 하면서 감자를 하나 더 박박 갈아낸다. 요리하며 즐거운 생각이 드는 건 좋지만 또 너무 멀리 나가면 강판에 손 다치는 수가 있으니 손끝이 지금 어디쯤 있는지도 잘 살펴야 한다.

나는 요리의 이런 점이 참 좋다. 다른 데 정신을 놓고 있다가도 요리를 하기로 마음 먹고 싱크대 앞에 서는 순간 나는 다시 이곳에 발을 붙인다. 싱크대 속 미뤄둔 설거짓거리를 씻어 정리하고, 냉장고 속 상해가던 재료를 찾아 쓸 수 있는 부분을 다듬어 남기고, 쓰레기를 내다 버리고, 불 앞에서 손 조심하는 동안 멀리 갔던 생각들은 다시 여기로 돌아온다. 당장 나를 먹여 살리는 일에 집중한다. 당장 내일이 불안하다가도 간은 소금으로 할지 간장으로 할지가 더 중요한 문제이므로 미래의 걱정은 내일의 몫으로 남겨두고 요리하는 나는 감자 반죽에 소금을 두 번 꼬집어 넣는 것으로 지금 할 일을 다 해냈다.

나는 감자전을 할 때 밀가루나 부침가루를 넣지 않는다. 감자 짜낸 물에서 전분이 가라앉는 걸 지켜보는 게 재밌어서 그렇다. 처음엔 뽀얗던 물은 점점 붉고 탁해지며 마지막엔 그릇 바닥에 하얗게 전분이 가라앉아 있다. 그럼 위에 물은 따라 버리고 남은 감자 전분과 물기 짜낸 감자 반죽을 섞으면 준비는 끝. 잘 달군 팬에 오일을 두르고 감자 반죽을 한입 크기로 쪼르륵 동그랗게 만들어 올려둔다. 지글지글 소리와 함께 감자전이 노릇하게 익어가는 동안 나는 2주 전에 미리 만들어 익혀두었던 풋마늘 장아찌를 꺼냈다.

오늘의 주인공은 감자전에 곁들일 이 장아찌다. 제철 음식에 관심이 깊어지고 이것저것 잘 찾아 먹는 사람들 이야기에 귀 기울이다 보니 올봄부터 풋마늘 맛있다는 소리를 여러 번 듣게 됐다. 딱 4월까지 그 맛을 제대로 볼 수 있다기에 얼른 한 단 사서 장아찌 담가두고 이리저리 정신없이 지내는 동안 5월이 되었고 그새 장아찌도 푹 익어 맛이 들었다.

노릇하게 익은 감자전을 쪼로니 접시에 올려두고 바로 옆 작은 접시에 풋마늘 장아찌 곁들이니 침이 저절로 꼴깍 넘어간다. 비도 오고 그래서 네 생각이 났다는 노래 속 주인공은 그 핑계로 연락 한번 해보기 위해 비가 오기만을 얼마나 손꼽아 기다렸을까. 나 또한 이 완벽한 하모니를 위해 오늘까지 비를 기다렸다. 비도 오고 그래서 감자전 생각이 났던 오늘, 두 번째 부치는 감자전 익는 소리가 꼭 빗소리처럼 들린다.

1 풋마늘대를 깨끗이 씻어
적당한 크기로 썰어둔다

2 냄비에 간장, 물, 식초, 설탕을
1 : 1 : 0.5 : 0.5 비율로 넣고 팔팔 끓인다

* 설탕이 부담스럽다면 매실액 사용

3 열탕해서 준비한 유리병에
손질한 풋마늘을 넣고 2 의
간장물을 바로 붓는다

4 뜨거울 때 뚜껑을 꼭 닫고
하루 두었다가 먹는다

1 감자를 강판에 간다

2 채에 받쳐 물기를 꼭 짠다

3 전분이 하얗게 가라앉으면
위에 물은 따라 버리고

4 전분과 2 에서 짜고 남은 감자를
섞어주면 반죽 완성!

5 팬에 기름을 두르고 노릇노릇
먹기 좋게 부쳐낸다

비가 오길 기다린 한상

꺄아

장아찌와
물김치 올려
한입에 와앙!

Episode 17

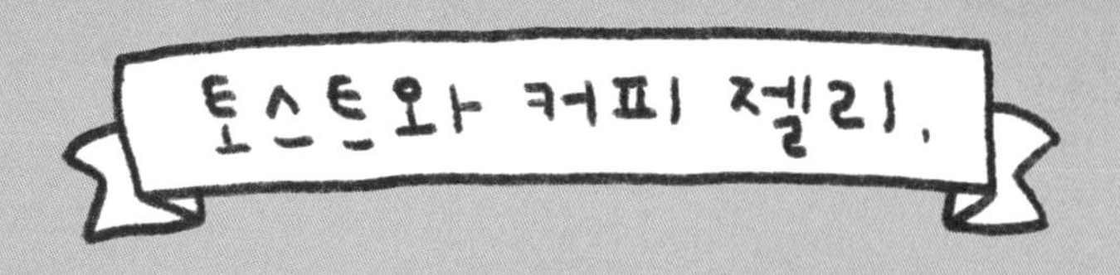
토스트와 커피 젤리.

킷사텐을 아시나요?

나는 지금 신주쿠의 한 킷사텐에 앉아 있다. '킷사텐'은 토스트나 샌드위치 등 간단한 식사와 함께 커피를 마실 수 있는 카페인데 아침 일찍 여는 곳이 많아 첫 번째 일정으로 적어 넣기 좋은 장소다. 조금 부지런을 떨어 오픈 시간에 맞춰 방문하면 양복 입은 노신사가 먼저 와 신문을 펼쳐 보고 있는 풍경을 어렵지 않게 볼 수 있다.

킷사텐을 한자로 적으면 喫茶店이다. '먹을 끽'에 '차 차', '가게 점'. 글자 그대로 '먹고 마시는 가게'라는 뜻이다. 우리나라에서는 이제 실내 흡연이 가능한 장소를 찾아볼 수 없지만 킷사텐에서는 담배 피우는 사람이 보통이다. 혹시 흡연자를 부르는 '끽연가'라는 말의 '끽'이 킷사텐의 한자와 같은 '먹을 끽'을 쓰고 있다는 걸 이미 아는 사람이 있을까? 나는 이번에 알았다. 끽연과 킷사, 이 둘이 같은 한자를 쓰는 것에 무슨 긴밀한 관계가 있는지는 몰라도 킷사텐 하면 나는 자연스럽게 담배 냄새를 떠올리게 된다.

장인의 나라 일본답게 오늘 방문한 이 킷사텐 또한 짧지 않은 역사를 지녔다. 1960년대 초반 일본에 커피가 유통되기 시작하면서 카페가 그야말로 비 온 뒤 솟아나는 죽순처럼 생겨났다고 한다. 이곳도 1967년부터 운영을 시작했다. 수많은 카페들 사이에서 살아남기 위한 방책으로 식사 메뉴를 하나둘 끼워 팔기 시작하면서 오늘날의 킷사텐에 이르렀다고 한다. 지금까지 명맥을 이어오고 있는 킷사텐들은 모두 낡고 조용하고 푸근한 옛날 다방같이 보여도 저마다 경쟁에서 견디고 살아남은 인고의 세월이 굳은살처럼 깊숙이 숨겨져 있는 셈이다.

앉아서 두리번거리고 있으니 직원이 다가와 주문하겠냐고 묻는다. 나는 얼른 이곳에서 유명하다는 토스트와 커피 젤리를 주문했다.

주문을 받은 직원은 돌아가 머리가 하얗게 센 점장에게 주문지를 전하고 점장은 받은 주문지를 잠시 멀리 놓고 보다가 이내 두툼한 식빵을 꺼내 자르고 그 위에 쓱쓱 버터를 발랐다. 60년이 가까운 시간 동안 매일 아침 8시면 이 가게는 문을 열었을 것이다. 오늘 같은 보통의 날을 매일 반복하면서 가게가 지나온 시간과 그의 인생은 같은 방향을 향했을 것이다. 다른 어떤 것보다도 대단하게 느껴진다.

요 근래 나는 지속성, 꾸준함, 안정감 같은 키워드에 몰두한 채 시간을 보냈다. 하는 일이 손에 익고, 이제야 뭔지 좀 알 것 같은데 어떻게 해야 좀 더 오래 더 안정적으로 일을 지속할 수 있는지 모르겠어 조급해졌기 때문이다. 나는 더 잘하고 싶을수록 힘 빼는 법을 잊어버린다. 욕심을 내려놓고 '그냥' 하는 것이 요즘 내겐 가장 큰 난제다.

그러는 동안 토스트와 커피 젤리는 어제와 같은 방식으로 오늘도 부지런히 만들어져 내 앞으로 배달됐다. 따끈하고 바삭한 토스트. 1967년부터 60년 가까이 꼬박 이 자리에서 구워져 왔을 토스트는 별것 아닌 것처럼 놓여 있지만 바삭하게 존재하는 세월이 내게 '걱정 마, 계속하면 대단해져.'라고 말을 거는 것만 같아 조급했던 마음의 끈을 조금 풀어본다. 바삭한 표면을 포크로 누르니 말랑하게 들어간다. 탱글탱글한 커피 젤리의 속도 마찬가지. 먹기 좋게 자른 한 입을 입안에 넣는다. 잘하고 싶어 어깨에 힘을 꽉 주고 살아도 찾고자 하면 어딘가 말랑한 부분이 반드시 있다. 나도 거창하지 않은 대단한 매일을 그저 살아내고 싶어 꼭꼭 씹어본다. 내가 만들어 내놓는 나의 일들도 이 토스트처럼 누군가에게 바삭하길, 그 입에 고소하게 달라붙길 바라면서.

커피 젤리 만들기 시작 ➡

1 젤라틴을 찬물에 불린다

2 분말커피에 뜨거운 물 3스푼을 섞고

3 커피가 뜨거울 때 설탕과
불려둔 젤라틴을 넣고 녹인다

* 설탕은 기호대로...

4 커피 위 거품을 걸러 낸다

5 원하는 모양의 용기에 담아 냉장고에서 2시간 이상 굳힌다

6 탱글해진 젤리 위에 아이스크림, 휘핑크림, 연유 등을 곁들인다

그대에게 도죠~

커피젤리 완성

딱! 좋은 여름 디저트

응~ 꼭! 차게 드세요

Episode 18

모서리가 둥그란
우메보시 주먹밥

완벽한 걸 동경은 해도 사랑까진 하지 않으면서 나는 내가 좀 완벽하길 바랐던 것 같다. 사랑은 오히려 날이 선 모서리 옆에서 멋쩍게 웃고 마는, 말랑고 조금은 바보 같은 면을 발견하는 데서부터 시작되는 것인데 말이지. 그런 걸 문득 깨닫고는 당분간 뭐든 다 잘 해낼 거야! 하는 완벽 추구의 태도 같은 건 내려놓기로 했다. 느슨함으로 살짝쿵 여지를 주고 싶었달까.

어제는 밤늦게 커피를 한 잔 마셨다. 요 몇 년 새 부쩍 카페인에 취약해져서 컨디션 조절을 위해 오후엔 커피

를 마시지 않았는데, 어제는 에라 모르겠다, 하고 그냥 마셔버렸다.

덕분에 새벽 4시가 다 되도록 정신이 맑았고, 나는 애매한 시간에 자느니 이만 일어나기로 했다. 기왕 이렇게 된 거 이따 낮에 먹을 도시락이나 만들어볼까 싶어 냉장고 문을 열었다. 마침 얼마 전 일본 여행에서 사 온 우메보시 한 팩이 들어 있다. 우메보시를 보는 순간 우메보시로 만들 수 있는 최고의 요리이자 도시락 메뉴인 주먹밥이 머릿속에 그려졌다.

일본 아사쿠사를 여행하던 중이었다. 알고 지내는 작가님이 웨이팅이 어마어마하지만 먹어볼 가치가 있는 곳이라고 일러주신 오니기리 가게에 들렀다. 그리고 그 앞에서 한 시간 반을 기다렸다. 긴 기다림 끝에 들어간 가게의 메뉴는 오니기리 하나였고 속 재료를 골라 주문하면 즉석에서 만들어준다며 메뉴판을 건네셨는데 하나같이 평범한 재료들이었다.

거창할 것 하나 없는 절임 반찬들, 대체 얼마나 맛있길래 이 주먹밥을 한 시간 반이나 기다려 먹는 걸까 혼자 생각하면서 다시마, 연어 알, 우메보시 세 가지를 골라 건넸다. 그러자 바로 눈앞에서 김이 펄펄 나는 밥이 맨손에

아무렇지 않은 듯 쥐여지고 빨개진 손이 허공에서 몇 번 돌아가는 동안 모서리 둥근 삼각형이 완성돼 나왔다. 내가 고른 반찬 세 가지가 각각 세모난 밥 속으로 들어가고 기다랗게 자른 김을 한 장 빙 두른 채 턱 하니 내 앞에 놓였다.

나는 따뜻한 물수건으로 손을 닦고 맨 처음 우메보시 오니기리를 한 입 베어 물었다. 우메보시 오니기리의 시큼하고 짭짤한 맛이 입안에 가득 찼다. 다음은 연어알, 다시마순으로 먹었다. (나름 맛의 균형을 생각해서 정한 순서였다.)

전부 꼭꼭 씹어 먹고 나와 거리를 걸었다. 내 입맛엔 다시마가 가장 맛있었고 그 외에는 특별히 인상적이진 않았다. 그저 간이 밴 주먹밥. 그 정도의 감상이었다. 나는 오니기리를 먹은 건 바로 잊어버리고 그날 하루 열심히 더 먹으러 돌아다녔다. 신주쿠의 백화점에 있는 유명한 집에서 두 시간 기다려 몬자야키를 먹었고 저녁엔 야식으로 편의점에서 어묵을 사다 맥주도 한 캔을 곁들여 마셨다.

그런데 다음 날부터 이상하게 그 오니기리에 든 우메보시가 자꾸만 생각나기 시작했다. 결국 돌아오는 날 마트에 들러 사 온 건 그 유명한 동전 파스도 도쿄 바나나도 아닌 거창할 것 하나 없는 우메보시 한 팩이었다.

돌이켜보면 이렇다 이야기할 것 없는 맛이지만 그렇다고 달리 다른 걸로는 견주어 설명이 되는 맛도 아니다. 다른 어디에도 없으니까. 자극적이거나 특별한 비법 소스도 없는, 안에 든 건 그저 절인 장아찌가 전부인 주먹밥이지만, 결국 우리 집 냉장고엔 그것만이 남아 있다. 잊고 있던 우메보시 한 팩에서 특별한 것 없이도 한 시간 반을 기다리게 하는 특별함을 발견한 나는, 평범함의 귀함을 깨닫는다.

지금의 나 또한 그렇다. 특별한 건 없지만 다른 무엇과도 견주어 설명되지 않는다. 지금 만들어두고 오후에 먹을 우메보시 주먹밥이나 맛있었으면 하고 바라면서, 내 주위의 거창하지 않은 것들과 이미 나를 이루고 있는 것들을 풍성하게 아껴야지. 일단은 주먹밥을 만들자. 모난 삼각형 모서리 둥글게 빚어가며.

1. 밥에 소금, 참기름, 깨를 넣어
   김밥용 밥을 만들어 준비한다

2. 씨를 제거한 우메보시를 잘게 썰어 1과 섞는다

3. 밥을 적당히 덜어 참치와 마요네즈로 속을 채워 넣고

4. 모서리가 동그란 삼각형을 만든다

5. 다 만든 주먹밥에 김을 두르거나
   감태를 잘게 찢어 올려 장식한다

꼭꼭 씹어 먹어요 우메보시 주먹밥 완성

Episode 19

해결사의 오이 콩국수

전에 내게 일을 맡겨주셨던 담당자님께 오랜만에 안부 연락이 왔다. 곧 있을 강의 자료를 준비하고 계시다길래 "마음이 많이 바쁘시겠어요."라고 대답했다가 아차차 이건 자기소개구나 했다. 강의를 맡은 쪽이 나였다면 아마 직전까지 동동거리느라 와중에 누군가에게 안부까지 물을 여유가 있었을 리 만무하지만. 그 와중에 이렇게 연락 주신 걸 보면 담당자님은 미리 준비하는 성격임이 분명하다. 우리는 서로 다정한 말 몇 마디를 더 주고받고 앞으로를 응원하며 즐겁게 대화를 마쳤다.

일로 만난 사이에 일 없이도 안부 물어주신 게 감사하다. 요즘은 무슨 복인지 이렇게 같이 일하고 그 사람까지 좋아지는 경험을 자주 한다. 원체 일 주는 사람을 최고로 아는 나이지만 나에게 일도 주고 나를 좋아해주기도 하는 담당자님을 만나는 건 더 짱이다.

프리랜서로 일하다 보면 여러 기업, 다양한 단체와 일하게 된다. 계약서상에는 '갑'과 '을'이라고 분명히 명시되어 있지만 나는 스스로를 클라이언트와 같은 목표를 위해 협업하는 파트너로서 인지하려고 노력한다. 그렇지 않으면 자칫 주는 일만 해서 넘기면 그만이라는 태도가 되어버릴 수 있기 때문이다.

이런 수동적인 태도는 내가 하는 일의 가치를 절하시키기 때문에 나의 정신 건강 및 커리어에 하등 도움이 되지 않는다. 무엇보다 그렇게 하면 어떤 일이든 일회성이 되고 말 가능성이 크다. 프리랜서라면 응당 매일 내일을 생각해야 하는 법, 오래오래 건강하게 주체적으로 일하고 싶다면 반드시 버려야 할 태도 1번이다.

처음부터 이런 마음으로 일할 수 있었던 건 아니다. 업무 메일 보내는 방법도 잘 모르던 시절에 나는 내가 너

무 순진하고 바보 같아서 걱정이 이만저만 되는 것이 아니었다. 이래 가지고 세상을 어떻게 살까 매일 좌절했다. 일은 해야 먹고사는데 내가 조금이라도 모르는 티를 내면 '어라, 초짜네.' 우습게 보고 줄 돈을 덜 줄까 봐 까칠한 사람 흉내를 냈다.

겁 많은 강아지가 크게 짖는다고 내가 딱 그 꼴이었다. 나는 그렇게 하는 것이 내 직업적 주체성을 지키는 일인 줄 알았다. 다시 생각해보면 그때 그 바보한테 일을 주고 담당자분들께서 얼마나 고생하셨을까 얼굴이 다 화끈거린다. 경험이 적어 융통성은 없고 뭔가 요청하면 꼬아듣는 작가와 클라이언트 사이를 부드럽게 조율하기가 보통 일은 아니었을 터. 내가 지금까지 프리랜서로 일하고 있는 건 다 그때의 뭣 모르던 내게 다정했던 담당자님들 덕분이다.

일을 하는 사람은 크게 두 타입으로 나뉘는 것 같다.

기술자와 해결사.

기술자는 말 그대로 직업에 필요한 기술을 가지고 일을 수행하는 사람이다. 글 작가라면 글 쓰는 기술을 가졌

겠고 가수는 노래를, 화가는 그림을, 의사는 의술을 사용할 것이다. 각 회사 부서의 회사원도 본인만의 업무 기술로 직업적 삶을 산다. 어떤 직종에 몸담았든지 간에 지금 일하고 있는 사람들은 모두 기술자라고 할 수 있다.

기술자들은 그들이 가진 기술만으로도 먹고사는 데엔 지장이 없다. 하지만 지금 내가 말하고 싶은 사람들은 해결사들이다. 해결사는 일이 성사되게 만드는 사람이다. 서로 다른 것을 융화시키고 저쪽에 있는 것과 이쪽에 있는 것을 만나게 하고, 안 될 일을 되게 한다. 행사 사흘 전에 맡긴 원고를 하루 전날 책으로 받아보게 만들어주신 인쇄소 소장님이 그랬고, 재벌 전에 부러진 도자기를 붙여 감쪽같이 만들어준 도자기 공방 사장님이 그랬으며, 서툴렀던 작가와 노련한 클라이언트 사이를 중재했던 내 지난 담당자님들이 그랬다. 그들은 안 될 일을 되게 한다.

기술자와 해결사 사이에 뭔가 다른 점이 있다는 건 일하면서 이상하게 힘이 드는 사람과 어떤 일이 쉽게 되는 사람의 차이를 헤아려보다 깨달았다. 같은 일을 해도 이렇게 하면 더 결과가 좋을 것 같은데 좀 힘들다고 고까운 티를 내는 사람이 있고, 본인이 좀 수고해서라도 결과를 좋

은 방향으로 끌어내는 사람이 있다. 좋은 방향으로 이끌어내는 사람은 공통적으로 안 된다고 말하는 법이 없었다. 일단은 해본다고 말하고 진짜로 해낸다. 더러 해내지 못했더라도 괜찮다, 데이터를 얻었으니 다음엔 더 잘 해보자고 하는 사람들.

나도 누군가를 힘들게 하던 기술자인 시간이 있었지만 직접 일하며 그 차이를 느끼고 보니 더는 그저 기술자에 머물러 있을 수는 없겠다는, 그래서는 안 되겠다는 위기감과 목표 의식 같은 게 마음속에서 고개를 들었다. 나는 함께 일하기 어려운 사람이고 싶지 않다. 일이 되게 만드는 사람이고 싶다. 그런 사람들과 일하고 싶다.

엄마가 또 쌈채를 한 박스 보낸다고 전화를 했다. 지난주에 이미 한 박스 받았는데 또 보낸다기에 엄마는 나를 소쯤으로 생각하는 건가 싶어 이번엔 보내지 말라고, 괜찮다고 말하고 전화를 끊었다. 그런데 최근 엄마가 뭐 필요한 거 없냐고 자꾸 묻던 것이 생각났다. 아, 이번 택배는 쌈채가 아니라 무거운 엄마의 마음을 건네받는 거구나 싶어 다시 전화를 걸었다. 보내주면 친구들에게 택배를 보내서 나눠 먹든지 할 테니, 일단 보내고 싶은 거 다 넣어서

보내라고. 그러자 엄마가 막 좋아하면서 그런다.

"엄마는 요즘처럼 네가 쉬웠던 적이 없어."

그래, 그거면 충분하다. 오늘은 이걸로 내 몫으로 주어진 일 하나를 잘 해결했다.

1 오이를 반으로 잘라 씨를 파낸다

2 오이 끝부분을 포크로 누르고
감자칼로 쭉~~~ 썰어낸다

3 잘라낸 오이를 그릇에 옮겨 담고
콩물을 자박하게 붓는다

* 설탕이나 소금 등은 취향에 따라~

4 방울토마토와 참외 등 집에 있는
과일 등을 함께 곁들인다

쟁여두고 먹는 맛!
이 여름을 해결하는
오이콩국수 완성!
한 그릇 더해줘잉

Episode 20

세상은 가끔 저기서 돌 던지고

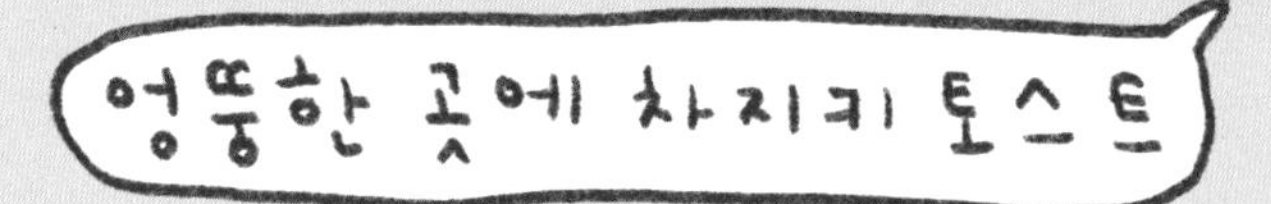

작년 5월에 전시를 준비하며 도자기 흙을 처음 만져봤다. 어릴 때 가지고 놀던 찰흙이랑 다르지 않다 싶어 전시 이후에도 따로 사다 집에서 혼자 빚어 모은 것이 어느새 접시며 화병까지 열댓 개가 넘었다. 색까지 열심히 칠해서 집에서 가까운 공방을 찾아가 소성(도자기를 가마에 넣고 굽는 것)을 맡기고 다 구워져 나올 때까지 2주를 기다렸다. 그리고 도자기가 모두 구워져 나왔으니 찾으러 오라는 메시지를 받고 신이 나서 공방으로 뛰어갔다.

"이건 시유하다 부러졌어요. 이건 옆에 두었던 도기랑 닿아서 여기가 좀 녹았고 여기는 칠이 좀 벗겨졌네요."

공방 테이블에 펼쳐진 내 도자기들의 상태를 공방 사장님은 마치 자연재해 뒤의 풍경을 설명하는 목격자처럼 전달하고 있었다. 잘못됐다는 건 알겠지만 그걸 전달하는 과정이 너무 자연스러웠고, 무엇보다 자신은 아무런 책임도 없다는 기색이라 나는 '내가 도자기 공방의 생리에 대해 잘 몰라서 불쾌해하면 안 되는 일에 기분이 나쁜 건가?' 생각하느라 아무 말도 못하고 있었다. 그사이 공방 사장님은 킬로당 만 원이라 말하며 도자기를 하나씩 저울 위에 올렸고 계산기를 두드려 소성비로 총 6만5천 원을 불렀다.

나는 값을 지불하고 공방을 나섰다. 6.5킬로 안엔 부러지고 깨져 꺼끌거리는 도자기의 무게도 포함이었다. 도자기 상자를 들고 공방에서 한 걸음 한 걸음 멀어져 집에 가까워질수록 나는 공방에서 얻은 혼란에서 벗어나 내가 사는 세계로 돌아올 수 있었다. 그리고 도자기 상자를 현관에 딱 내려놓은 뒤 신발을 벗는 순간 명확해졌다. 나라면 공방 사장님처럼 대처하지 않았을 것이다. 하지만 내 방식이 내게 옳다고 모두가 그러길 바랄 수는 없는 일이다. 아쉽지만 싸울 것이 아니라면 그저 말을 더 얹지 않고 제공한 사람이 제공했다고 생각하는 서비스에 맞춰 값을 지불하면 되는 것이다.

그렇게 결론은 지었지만 상한 속까지 이어 붙일 순 없는 노릇이었다. 다시 봐도 금 가고 칠 벗겨진 도자기는 그대로여서 금과 칠이 보일 때마다 속은 또 새로 상했다. 남의 탓을 안 하기로 결심하고 나니 그 반작용으로 이번에는 내 탓을 하게 된다. 작업의 마무리를 남의 손에 넘긴 것이 잘못일까? 그럼 도자기 가마를 사야 하는 걸까? 분명 도자기를 찾으러 갈 때까지만 해도 설레고 들떴는데, 이제는 그때의 즐거움 그대로 도자기를 바라보기 어려웠다. 만들며 상상한 그대로 잘 됐다면 어땠을까 가늠해봐도 아쉬움만 더 해졌다. 그런다고 금 가고 칠 벗겨진 것이 돌아올 리는 없으니 생각은 스스로의 마음을 할퀴는 방향으로 뻗어나갔다.

부정적인 생각을 고이게 두느니 흘려보내고 싶었다. 기분 전환 겸 혹시 다른 공방이 있는지 찾아 집 앞 광장으로 나가는 길에, 마침 길 건너 작게 마련된 무대에서 재즈 밴드 한 팀이 공연을 하고 있다. 드러머가 연주를 마치고 마이크를 잡았다.

"어떻게 들으셨나요? 방금 연주는 완전히 프리스타일이었어요. 저희끼리도 합을 맞춰보지 않고 즉흥으로 하다 보니까 방금은 좀 많이 싸웠어요. 조금 빠른 곡이라서 더 치열했네요."

내가 듣고 싶었던 대답이 거기 있었다. 뭔가 잘 해보려 하면 마음이 많이 담기고 마음이 많이 담기면 치열해지고 그러다 보면 속이 상할 일도 생기곤 한다. 나는 내 도자기를 남의 손에 맡겼다가 그렇게 된 것이 내가 부족한 탓인 것만 같아 속이 많이 상했다. 그런데 도자기뿐 아니라 재즈 연주의 합도 역시 마찬가지라고 하니 한결 마음이 가볍다. 합이 언제나 잘 맞을 수 없고 다투고 속이 상하기도 하지만 그 과정을 모두 합치면 삶이 되고 음악이 되고 예술이 된다.

속은 저기서 상했는데 위로는 엉뚱한 곳에서 이루어졌다. 공방 찾기는 이쯤에서 끝내고 마트에서 식빵이나 조금 사야겠다. 얼른 집에 가서 내가 만든 도자기 접시에 토스트를 올려 맛있게 먹고 싶다.

차지키 토스트 만들기 시작 ➡

❶ 오이는 다지거나 채 썰어
소금에 잠시 절여둔다

❷ 절인 오이를 꼬옥~ 짜서 물기 제거!

❸ 물기 짠 오이와 그릭요거트, 딜,
다진 마늘 1작은술, 레몬즙 1큰술을
전부 넣어 섞어준다

* 딜은 잘게 잘라주세요!

❹ 바삭하게 구운 식빵 위에
❸의 차지키 소스를 바른다

❺ 후추와 카이엔페퍼를
뿌려 풍미를 더한다

* 카이엔페퍼는 생략해도 OK!

왕왕!
속은 좀 상했(었)지만
맛있어서 괜찮음.
엉뚱하게 위로가 되는
차지키 토스트 완성!
개운~한 맛!

Episode 21

꽃시장에 다녀와 맛보는 새우 잔뜩 샌드위치

재미있는 일이 들어왔다. 반포에서 한강공원으로 이어지는 지하보행로 내부의 벽화를 그리는 일이다. 내가 직접 그리는 것은 아니고 원본 파일을 드리면 전문 작업자분들이 벽에 옮기는 작업을 맡아주신다고 했다.

해본 적 없지만 누군가와 힘을 합치면 해낼 수 있게 되는 일을 만나면 기쁘다. 방금까진 못했던 일도 할 수 있는 사람이 된다. 나는 보통 브러시 포인트를 20으로 두고 그리는데 벽화 그리는 붓은 두께가 얼마나 될까 궁금해하면서 얼른 하겠다고 답장을 보냈다.

대형 포스터라든지 백화점 옥외광고라든지 아무튼 어디 크게 걸리는 작업을 꼭 한번 해보고 싶었다. 그러면 SNS를 하지 않는 사람들도 내 그림을 보니까. 지나가는 아이들도 내 그림을 볼 수 있으니까.

어릴 때 자주 다니던 길옆 담벼락에 그려져 있던 그림을 아직 기억한다. 세월은 흐른다는 이도 있고 쌓인다는 이도 있지만 답이 뭐든지 간에 흐르거나 쌓이면 그 전에 있었던 것은 으레 지워지기 마련이다. 그럼에도 불구하고 어린 시절을 생각하면 떠오르는 것이 색깔 촌스러운 벽화나 하도 넘겨 보느라 모서리 다 닳아버린 동화책 같은 것들이라는 사실은 앞으로 내가 계속 그려야 하는 것들의 의미를 더 선명하게 그려준다.

“엄마, 나 벽화 일 들어왔어. 한강까지 이어지는 보행로에 새벽 꽃시장 풍경을 그리는 거야. 길이가 15미터나 돼!”

잔뜩 신이 나서 엄마한테 전화해 소식을 알렸는데 엄마는 듣자마자 빨리 꽃시장에 가란다. 꽃시장에 가라니. 새로운 일을 하는 게 신나서 바로 코앞의 기대와 설렘을 이야기하는데 엄마는 다음에 올 ‘일’에 대해 먼저 이야

기하니까 괜히 민망해졌다. (참고로 나는 F, 엄마는 T다.)

나는 새벽에 열리는 꽃시장에 가본 적이 없다. 모두 잠든 새벽 2시에서 3시 사이의 그곳 풍경이 어떤 모습인지 전혀 알지 못한다는 말이다. 상상만 가지고 얼기설기 엮어 만든 이야기는 엉성하기 마련이다. 엉성한 이야길 하는 사람은 말끝을 흐리게 되는 법이니, 그림이라고 다를 리 없다. 보지도 않고 그림을 그린다는 건 그 큰 벽을 허풍으로 채우겠다는 말이랑 거의 같은 말이었다.

다음 날 새벽 1시 운전대를 잡았는데, 일 년 동안 차를 그냥 세워만 둬서 자동차 배터리가 완전히 방전되었다. 배터리에 전력을 넣어도 시동은 잠깐 들어왔다 금세 푸르르 꺼지기를 반복했다. 이대로 운행하면 도로에서 시동이 꺼져 큰 사고로 이어질 수 있으니 운전은 하지 않는 게 좋을 듯했다. 할 수 없이 지하철 첫차를 타기로 했다.

첫차를 타고 양재역에 도착하니 오전 6시 30분, 터미널 내로 들어서자마자 자기 몸만 한 꽃다발을 들고 가는 사람이 보인다. 수산물 시장처럼 신선도가 좋은 꽃은 진즉 다 나가고 안 좋은 꽃들만 남아 있는 건 아닐까 하는 생각이 들어 참치 경매에 늦은 사람처럼 재빨리 3층으로 뛰어갔는데 괜한 걱정이었다. 끝없이 이어진 빨간 고무대야마다 이름 모를 꽃들이 한 아름 꽂혀 있고 코너마다 꽃들이 켜켜이 오색 산을 이루고 있었다.

그때 옆에서 어떤 상인이 돈을 거슬러주다 2천 원을 바닥에 흘렸는지 그 주변 모두가 일제히 "돈 떨어졌다, 2천 원!" 하고 외쳐댔다. 돈 흘린 상인은 그 2천 원을 주워 들고 허공에다 대고 "감사합니다!" 하고 소리치고 그 모습에 주변 사람들이 전부 웃었다. 나도 괜히 기분이 좋아 따라 웃으며 인파 속을 빠져나오는데 맞은편에서 수레 끄는 아저씨가 미간을 잔뜩 구기고 와 뒤쪽에다 "거 좀 지나갑시다!" 쩌렁쩌렁 소리를 질렀다. 근방에 서 있던 사람들이 전부 어떻게든 아저씨 지나갈 자리를 만들어주려고 다리를 빈 공간 쪽으로 밀어 넣고 있는데 아저씨는 그 애쓰는 장딴지들을 기다려주지도 않고 죄다 퍽퍽 치고 지나갔다. 인간 신용과 불신이 공존하는 순간이었다. 인상 깊었지만 벽화에 그리진 않을 것이다.

보다 보니 나도 몇 송이쯤 기념으로 사서 돌아가고 싶은 마음이 들어 꽃들을 유심히 살펴봤다. 마음에 드는 것은 이름을 물었는데 내 취향이 그렇게 어려운 편은 아닌

지 묻는 것마다 한글 이름을 하고 있는 것이 재미있었다.

그때 걱정이 많은지 고개를 푹 숙이고 있는 연한 노란색 꽃이 눈에 들어왔다. 이름을 묻지도 않고 "이걸로 주세요." 했는데, 포장하면서 꽃집 주인이 해바라기의 한 종류라고 알려주셨다. 이곳엔 해가 없어 이렇게 주눅이 들었을까? 고개를 푹 숙인 해바라기를 받아 품에 안으니 어쩐지 내 어깨에 힘없이 기대오는 것만 같아서 괜히 괜찮아 괜찮아 위로해주고 싶었다.

괜찮다. 따지고 보면 안 괜찮은 건 하나도 없다. 운전은 여전히 할 수 없고 차는 고장이 났어도 첫차를 타면 꽃시장에 올 수 있다. 아직도 모두 잠든 새벽 2시에서 3시 사이의 꽃시장은 모르지만 이제 내가 그릴 수 있는 해바라기가 있다. 아 참, 알아도 그리지 않을 나만 아는 이야기도 있다. 그리고 이걸 다 그려볼 수 있는 15미터짜리 벽도 하나 있지.

꽃다발을 품에 안고 집에 돌아오는 길, 출근 시간의 고속터미널역 안 빵집에서 나는 호밀빵 냄새가 얼마나 맛있는지 이것도 아는 사람만 알겠지?

1 호밀빵을 기름 없이 토스터 혹은 팬에 노릇하게 굽는다

2 구워진 빵 한쪽 면에 머스터드, 혹은 원하는 소스를 바른다

3 팬에 올리브오일을 두르고 새우를 익힌다

4 빵 위에 채소류를 깔고 토마토와 아보카도 슬라이스를 얹는다

5 익힌 새우를 잔뜩 올리고 빵으로 뚜껑을 덮는다

등 터지지 않아 다행인

새우 샌드위치 완성

Episode 22

굴려서 버린 박스와 호박잎 쌈밥

한동안 집에서 밥 먹을 일이 없었다. 냉장고 문 열어보지 않는 동안 엄마가 보내준 호박잎이며 쌈채들은 오매불망 내가 꺼내주기만을 바라며 점점 생기를 잃어갔고, 결국 잔뜩 무르고 상한 채 발견되었다. 손대면 토옥 하고 터질 것만 같은 봉투 안은 온통 초록색…. 이런 광경은 몇 번을 보아도 익숙해지지가 않는다. 그대로 음식물 쓰레기통에 전부 털어 넣고 싶었지만, 보내준 엄마 얼굴 한 번 떠올리며 살릴 수 있는 것들을 골라내보기로 했다. 용감하게 손을 뻗어 미끌미끌한 겉잎을 몇 장 떼어내니 생각보다 속 알맹

이는 뽀얗고 멀쩡하다. 다 걷어내고 보니 버리는 것이 슈퍼에서 주는 검은 봉투로 한 봉지. 먹을 수 있는 것이 그 절반 정도 남았다.

야채 칸을 깨끗하게 치우고 호박잎을 찬물에 담가 놓고 다시 싱싱해지길 기다리는 동안 내친김에 냉장고 청소를 했다. 나는 청소를 하면 심란하던 마음이 개운해지면서 지난 일 중에 뭐든 하나 정도는 용서할 수 있을 것만 같은 기분이 된다. 방금 냉장고 청소를 마친 덕에 뭐 하나 정도는 용서하고 지나갈 수 있을 정도로 마음이 개운해졌고, 심란해서 오랫동안 열어보지 않았던 작은방 앞으로 가 방문을 열었다.

이 방은 지난날의 내가 여러 가지 이유와 사정들로 미처 어쩌지 못한 것들로 가득하다. 당장 이걸 어쩔 능력이 안 되니까 모래사장에 머리 박는 타조의 마음으로 일단 안 보이는 곳에 쑤셔 넣어둔 사연 있는 잡동사니들. 그 중 제일 앞쪽에 놓여 있는 건 내 키만 하고 무거워 옮기기 힘든 박스 묶음이다.

2018년, SNS에 올린 낙서를 시작으로 얼렁뚱땅 사업을 시작했다. 내가 그린 그림으로 메모지랑 스티커를 만들고 메모지랑 스티커 팔아 모은 돈으로 휴대폰 케이스를 만들었는데 휴대폰 케이스를 팔아 모은 돈으로 여행을 갈까 사업을 할까 고민하다 그걸 몽땅 투자해 노트북 파우치를 제작했었다. 내 생에 가장 통 크게 쓴 돈이었다. 천 개나 되는 노트북 파우치가 냉장고만 한 박스에 차곡차곡 담겨 퀵으로 배달됐는데, 그 커다란 박스를 1층 주차장에 두고 가려는 배달 기사님을 붙잡고 이걸 현관 앞까지 같이 옮겨주셔야지 그냥 가시면 내가 어떻게 하냐고 실랑이 하던 것이 떠오른다.

다행히 판매가 잘되어서 투자한 만큼 수익도 얻었지만 원치 않던 공황장애도 함께 얻었다. 그때의 나는 덜컥 시작한 사업을 탄탄하게 꾸려갈 정도로 강하지 못했다. 나는 공황을 겪고 그때의 경험을 다시 하는 것이 무서워 하던 일을 다 그만두었다. 그리고 남은 집기는 전부 창고에 넣어버렸는데 노트북 파우치가 담겨 왔던 이 냉장고만 한 박스도 거기 포함된다.

세어보니 박스는 총 일곱 개. 중간중간 많이 버린 것 같은데 이건 내가 왜 안 버리고 여기다 두었을까 떠올려봐도 이렇다 할 기억이 없다. 아마도 당시엔 이걸 추려 버린다는 생각을 할 여유도, 기력도 남아 있지 않았을 테지. 그때 많이 애쓴 내가 딱하고 장해서, 늦었지만 나를 끌어안듯 양팔로 어깨를 토닥토닥 두드려줬다. 아주아주 고맙다는 말도 하고 싶은데 전할 방도가 없으니 그땐 너무 버거웠을 상자라도 내가 대신 치워주기로 했다.

박스 크기가 너무 커서 나눠서 버릴 건지, 아니면 무리해서 한 번에 버릴 건지 정해야 했다. 아무래도 두 번 왔다 갔다 하기는 싫어 머리를 굴리다 보니 그래, 네모도 굴리면 굴러가지 않을까 하는 생각이 들었다.

박스 굴리는 건 생각보다 쉽지 않았지만 못할 일은 아니었다. 잡고 돌리는 와중에 박스가 미끄러져 손을 베일 뻔도 했지만 그럴 때일수록 손아귀에 힘 더 꽉 주고 영차 영차 열심히 굴려 분리수거장에 무사히 도착했다. 마침 분리수거 날이었고, 수거 바로 직전이었는지 박스를 놓고 집에 들어오자마자 인형 뽑기 집게 같은 게 달린 차가 한 대 와서 내놓은 박스를 전부 가져갔다.

창밖으로 멀어지는 차 뒤꽁무니를 바라보며 생각보다 별게 아니었구나 싶어 조금 싱거운 마음이 들었다. 하지만 이 무겁던 마음이 이제는 싱거운 일이 되기까지 햇수로 5년이 걸렸다는 사실을 나는 잊으면 안 된다.

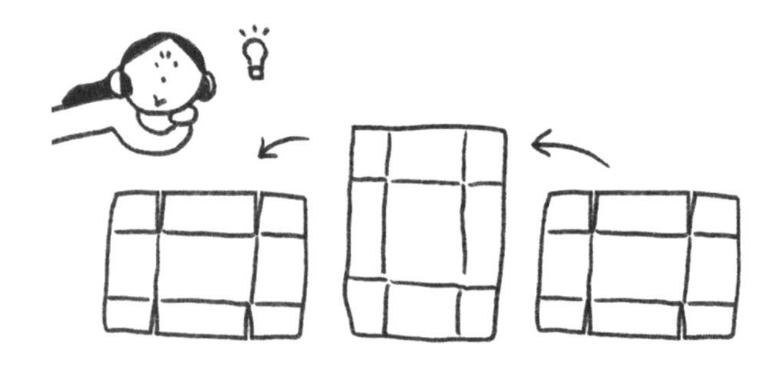

박스 굴리는 법.

상자와 함께 딸려 보낸 마음을 생각한다. 그간 어찌할 수 없어 어려웠던 마음들. 만들어본 적 없는 물건을, 파는 방법도 모른 채 팔아보려 했던 마음, 한밤중에 걸려온 전화 건너편에서 의도적으로 불량을 만들어 팔았다고 고함지르는 이의 목소리를 듣게 됐을 때의 마음, 그리하여 모르는 번호로 걸려오는 전화를 더는 받지 못하게 되었을 때의 마음 같은 것. 이전엔 몰라도 되었던 마음들을 하나 둘 알게 되는 게 나는 무서워 숨었다가 그럼에도 사람들 속에 섞이고 싶어 나를 깎기로 했다. 왜 내가 깎여야 할까 억울할 때도 있었지만, 깎이다 보면 모로 보는 눈도 모서리가 동그래진다는 사실을 알게 된다.

네모난 상자도 굴리면 굴러가는 것처럼, 더 멀리 가고 싶은 쪽이 자신의 모서리를 바닥에 꾹꾹 눌러 구르는 것은 어쩌면 당연한지도 모른다. 사람 때문에 힘든 마음이 나를 더 사람들 가까이 데려다주었다. 가까이에서 본 사람들은 전부 나만큼이나 몰랐고 몰라서 열심이었고 그래서 가여웠다. 나는 이제 모르는 마음들이 무섭지 않고 뭘 모르는 쪽이 실은 나였다고 해도 쉽게 주저앉지 않을 만큼 단단해졌다. 그런 나를 좋아할 수 있게 됐다.

미뤘다 버린 박스가 차지하고 있던 5년만큼의 공간이 빠지고 나니 마음이 개운하다. 나는 다음에 생겨날 문제 하나 정도는 더 용서할 수 있을 것 같은 기분이 되었다. 단단한 마음은 새롭게 언제 어디서든 만들어지겠지만, 일단 그건 그때 가서 굴려보기로 하고 오늘은 오늘의 마음을 보살피기로 한다.

그러고 보니 아까 물에 담가둔 호박잎은 다시 싱싱해졌으려나.

호박잎 쌈밥 만들기 시작 ➡

1 찜기에 호박잎을 찐다

2 두부를 으깨 물기를 꼭 짠다

3 양파와 버섯을 다져 2와 함께
달달 볶아 수분을 날려주고

④ 쌈장 3큰술과 함께
센불에 볶는다

⑤ 참기름을 둘러 마무리!

⑥ 호박잎에 동그랗게 싼 밥과
두부쌈장을 함께 곁들인다

동글동글 굴러가 버릴지도

호박잎 쌈밥 완성

한입에 와아앙~

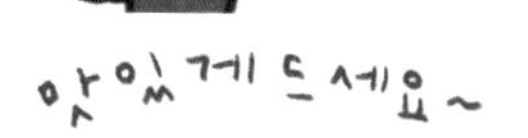

혼자 다 먹네...

Episode 23

비에 젖은 마룻바닥과
포슬포슬 햇감자의 기분

요란한 소리가 들려 번쩍 잠에서 깼다. 이건 필시 우리집 고양이 두 놈 중 하나가 어딜 올라가려다 책상 위에 놓인 무언가를 엎질렀거나 6.8킬로그램이나 되는 사료 포대를 밟고 놀다가 다 쏟아버린 소리임에 틀림없다. 비몽사몽간에 거실로 나가는 몇 발자국 동안에도 후드득후드득 정체불명의 소리는 이어졌다. '세상에 뭐가 얼마나 쏟아지는 걸까, 이건 보통 일이 아니다.' 생각하며 정신을 바짝 차렸다.

하지만 거실, 너무나 아무 일도 없는 것.

멍하니 서 있는데 발밑에 이제 막 방에서 나를 따라 나온 고양이 두 마리가 잠에 취한 눈을 하고 야옹야옹 울고 있다. 고양이들은 나랑 같이 자다 튀어나와 억울한 상태, 지금도 후드득 소리를 내며 쏟아지고 있는 건 책상 위 연필 자루도 6.8킬로 대용량 사료도 아니었다. 그건 마치 우박같이 떨어지는 비였다! 방금 전 호들갑이 민망해 말을 보태자면 아마 깨어 있는 사람이었더라도 그 순간엔 우박으로 착각했을 것이다. 진짜 미친 듯이 쏟아졌으니까. 그때 마침 호우주의 경보 문자가 도착하고, 하늘에선 우르릉 배 잡고 웃는 소리가 들렸다.

밤새 열어둔 창문틀 사이로 빗물이 찰랑거리고 벽을 타고 내려온 커튼은 흠뻑 젖어 있고 젖은 커튼 아래 똑똑 떨어지는 물방울은 새시를 넘어 넘실넘실 거실에 깔아둔 카펫에 닿기 일보 직전. 마른 수건을 집히는 대로 가져와 고인 물 위에 찹찹 던져놓는 내 등허리 위로 계속해서 빗줄기가 들이친다.

아주 잠깐 사이에 오른쪽 어깨부터 등줄기를 다 적신 나는 그제야 창문을 닫았는데 닫힌 베란다 새시를 따라 내린 시선 끝에 빗물에 젖어 부풀어 오른 마룻바닥이 눈에 들어왔다. 통통하고 축축해 보이는 그 모서리를 발로 눌러

보니 울컥하고 물이 배어 나온다. 마루 시공 비용이 떠올라 순간 나도 울컥 눈물이 차오를 뻔했다.

이 소동을 겪을 줄은 꿈에도 몰랐던 나는 이번 장마에 글쎄 2주 내내 비가 내린다고 예보에서 봤다며 친구들이 걱정할 때 속 좋게 "나는 비 오는 거 좋아해." 그랬던 것이다. 그 좋아하는 비 때문에 자다 물벼락 맞을 것도 모르고. 이제 와 소신 발언을 하나 하자면 나는 이제 비가 싫다.

비가 올 거란 걸 알면서도 깜빡 창문을 열어둔 나의 느슨함을 탓한다. 그 느슨함은 집 안까지 들이치는 비를 막아내지 못해 마루에 물을 먹이고 물먹은 마루는 마르며 뒤틀려 결국 삐거덕 눈에 거슬리겠지. 나는 그 삐거덕거림을 얼마간은 참다가 도저히 못 참게 되는 날 시공을 맡겨 또 적지 않은 돈을 쓸 것이다. 느슨한 자는 결국 적지 않은 손해를 본다!

익숙한 우울의 시나리오를 써 내려가며 한 층 더 우울하게 젖은 수건을 짜고 있는데 불현듯 얼마 전에 본 영상이 떠오른다. 전에 개그맨으로 활동하시던 고명환 씨가 나온 방송이었는데, 거기서 그가 말하길 사람의 뇌는 "왜?"라는 생각을 품으면 그 답을 찾을 수밖에 없도록 되어 있다고

했다. 그러니까 방금처럼 내가 왜 우울하지? 내가 그때 왜 그랬지? 같은 걸 궁금해하면 감히 어쩌지 못하는 것을 궁금해한 대가로 그 "왜?"라는 질문 자체에 대한 집착에 빠져버린다는 것이다.

안 좋은 상황에서 묻는 "왜?"는 우리의 잘못을 향하고 있기 때문에 결국 답을 얻더라도 자기 효능감에는 전혀 도움이 되지 않는다고, 그럴 땐 대신 "어떻게?"로 사고를 전환하는 편이 훨씬 도움이 된다고 한다. 어떻게 하면 우울하지 않을까? 어떻게 하면 앞으로 안 그럴 수 있을까? 하는 식으로 말이다.

지금의 나는 막 그 "왜?"의 집착에 빠져 나를 우울함에 몰아넣으려던 참이고 해답을 알고 있는 한 더는 그러면 안 되는 것도 안다. 그렇다면 어떻게 해야 할까? 지금 이 상황과 기분을 잊게 해줄 다른 즐거운 일을 떠올리자. 예를 들면 어제 막 도착한 포슬포슬한 햇감자 같은 걸로 말이지. 나는 장마에도 축축이 젖은 마룻바닥보다는 포슬포슬한 햇감자의 기분이고 싶다.

1 머그컵에 물을 가득 담고 소금 1/2큰술을 넣어 섞는다

2 감자 껍질을 벗겨 냄비에 넣고

1 을 부어 뚜껑 닫고 중불에서 15분 끓인다

3 감자를 뒤적뒤적 굴려주고

물이 너무 졸아들었다면 추가한다

* 뚜껑을 닫고

10분 더 익혀줘용~

4 젓가락으로 찔러 잘 익었으면

감자를 굴려 누룽지를 만들어준다

* 감자 표면에 포슬포슬한

분이 일어나

맛이 더욱 좋아진다

✿✿✿ 중요!

이젠 슬퍼 하지 마~
감자가 포슬하니까

비 오는 날 더욱 포슬포슬 찐 햇감자
완성!
몰라
무슨 노래야?

Episode 24

소비와 창작 사이
갈팡질팡 순두부 튀김

최근 몇 달 동안 돈을 정말 무섭게 쓰고 있다. 어느 정도냐면 카드 명세서에 찍힌 숫자를 보고 화들짝 놀라 그 자리에서 박박 찢어버린 일이 있을 정도. 일종의 '장비빨'을 세우느라 그랬다.

예전부터 내 마음 한구석엔 직접 노래를 만들어 불러보고 싶다는 욕망이 내내 장래희망처럼 자리 잡고 있었다. 최근엔 운 좋게도 친구의 도움을 받아 작곡해두었던 곡을 하나 녹음해 음원으로 낼 수 있었다. (음원사이트에서 <두릅쏭>을 검색하면 들어보실 수 있답니다.)

노래를 부르고 목소리에 비트와 악기를 쌓아 그저 흥얼거리던 멜로디가 이내 음원으로 만들어지는 과정을 직접 보고 경험하니 꿈은 전보다 더욱 선명해져 '몇 곡 더 만들어 이젠 어엿한 가수가 되고 싶다!' 하는 쪽으로 발전했다. 그렇지만 음악을 '어엿하게' 하려면 당장 갖춰야 할 것이 너무 많았다. 단순하게 꼽아보자면 곡도 더 써봐야 하고 편집 프로그램도 잘 알아야 하고 악기 몇 개 다룰 줄 알면 더 좋겠지, 그러니까 앞으로 시간을 아주 많이 들여야 가능하다는 말이었다. 하지만 나는 마음이 급했다. 좀 더 빨리 거기까지 가닿고 싶었다.

당장 느끼는 능력적 결핍을 시간과 노력으로 채우는 건 너무나 길고, 멀고, 불확실한 여정이었다. 나는 당장 느껴지는 현실의 불안을 채우기 위해 모호한 시간을 투자하기보다 손에 잡히는 것부터 쓰기로 했다.

먼저, 전문가인 친구가 쓰던 기타를 눈여겨봤다가 같은 브랜드의 기타를 따라 샀다. 큰돈을 쓰니까 '내가 이렇게 진심이야!' 싶어 당장 마음은 뿌듯했다. 기타로 얻은 만족은 아주 잠깐 지속될 뿐 나는 기타를 배우는 과정에서도 똑같은 한계를 마주쳐야 했다. 들은 음악이 많아 귀는

저기 멀리 달려 나가고 있는데 손가락은 아직 걸음마도 못 뗀 수준인 것이 또 견디기 힘들었다. 기타 샀다고 바로 요조나 옥상달빛이 될 수 있다면 세상에 가수 아닌 사람은 없겠지만, 나는 그게 내가 아니란 것이 너무나 분하고 서글퍼 노래 마디마다 의지가 뚝뚝 꺾여나갔다.

그렇지만 여기서 쉽게 포기할 만큼 미지근한 의지는 아니었다. '일렉이 어려워서 그래. 보다 조금 수월한 베이스는 어떨까?' 나는 그렇게 베이스 기타를 새로 사고 만다. 먼저와 같은 브랜드였다.

기타 두 대를 손에 쥐고 독학하고 레슨도 받아보는 동안 정작 부르고 싶던 노래들은 아무래도 좋다는 마음이 되어버렸다. 미래에 노래 쓰고 부르는 내 모습에 점점 가

돈을 써서 일렉기타를 구매했다.

까워진다는 희망보다 계속해서 현재 부족한 나를 마주해야 하는 괴로움이 더 커졌기 때문이다. 가진 능력보다 더 높은 단계의 만족을 원할 때 나는 시간보다 돈을 먼저 쓰는 사람이지만 단번에 가수를 시켜줄 정도의 돈까지는 벌어놓지 못했다. 기타는 곧 창고방으로 들어갔다.

이루고 싶은 수준에 닿을 때까지 응당 써야 하는 것은 그와 동일한 시간 말고는 아무것도 없다. 수도 없이 경험했지만 그게 대체 왜 좋은지, 어떻게 접근할지에 대해 생각하고 한걸음 내디뎌 다가가기보다 냅다 소유함으로 맨 끝에 있는 만족부터 채우는 것에 중독돼버린 것만 같다. 좋아하는 마음은 뭉근히 오래 품고 탐구할수록 더 깊은 이야기를 만들어줄 것이다. 나의 마음은 때때로 너무 얕고 조급해 종종거리는 것이 탈이다.

요즘도 좋은 노래를 듣다 보면 여전히 노래를 만들고 싶어진다. 자다 깨서 떠오른 멜로디를 까먹을까 봐 잠결에도 얼른 흥얼흥얼 녹음해두고 다시 잠들고, 일상을 살며 주워 모은 문장들을 노랫말로 얼기설기 엮다 보면 대충 이런 것도 노래가 되려나 하는 게 완성되기도 한다.

하지만 이 마음이 그저 소비함으로 그치고 말 마음

인지 뭉근히 오래 품고 탐구할 창작의 영역에 둔 마음인지, 아니면 그 사이 어디쯤 갈팡질팡하는 물렁한 마음인지 아직도 잘 모르겠다. 기타 두 대는 아직도 창고방에 그대로 남아 있다.

❶ 순두부 포장 끄트머리를 잘라
최대한 형태 그대로 꺼낸다

❷ 순두부에 소금을 뿌리고 30분 동안
냉장고에 두어 간수를 뺀다

❸ 간수 뺀 순두부를 김 위에 올리고
조심히 굴려 말아준다

④ 잘 드는 칼로 도톰하게 썰어준 후

⑤ 전분가루를 골고루 묻힌다

⑥ 기름을 두르고 노릇하게 튀긴다

⑦ 물 4큰술, 진간장 2큰술,

참기름, 올리고당 1큰술을 넣고 졸인다

충격!
보드랍다!
물렁함과 바삭함 사이
순두부튀김 완성!
돈 주고도 사 먹을 맛!

Episode 25

섞어 섞어 새로운 맛을 낼 거야.

치즈 미나리 전

요즘 눈뜨면 제일 먼저 유튜브 검색창에 좋아하는 아이돌 그룹 이름을 검색한다. 타이틀곡 리믹스 버전이 새로 올라온 것은 없는지 살피며 하루를 시작한다. 내 알고리즘에 우연히 끼어든 리믹스 영상 하나가 세상에나 얼마나 좋았는지 잠깐 원곡을 잊을 정도였는데, 그 음원을 시작으로 나는 리믹스라는 세계에 완전히 빠져버렸다.

멋지고 맛지게 잘 섞인 음악을 찾아 방황하는 내 기분은 마치 비트 위를 걷는 나그네…. 둠칫탓칫 리듬을 타며 기웃거리다 보면 애니메이션이나 게임음악 동네까지 흘러

가게 되고 그러다 보면 곧 또 다른 취향의 세계의 문도 살짝 열린다.

재능 있는 사람들이 각자 가진 재능을 '좋아하는 것을 마음껏 좋아하는 일'에 쓰기로 더 많이 작정했으면 좋겠다. 좋은 영감과 가진 재능과 잘 벼려진 도구(기술)가 만나 삼위일체를 이룰 때 사람들이 모이고, 사람 많이 모인 곳에서는 문화, 역사, 혹은 계약서, 아무튼 뭔가 새로 쓰이기 마련이니까 가졌다면 뭐든 열심으로 쓰면 좋겠다.

내가 쓰는 이유도 별반 다르지 않다. 글이 안 써지는 날엔 역시 글보다 만화가 좋다 외치다가도 글이 잘 써지는 날엔 언제 그랬냐는 듯 글이 좋아! 외치는 거짓부렁 속에 번복에 번복을 반복한다. 그러면서도 계속 쓰게 되는 이유는 자꾸 발견되고 싶기 때문이다. 아이돌 노래를 찾다 리믹스의 세계로 넘어가 애니메이션 극장판 엔딩곡까지 듣게 되는 나처럼, 그림 대신 글을 읽는 사람이 나의 글을 발견하고 '이 사람 그림도 그리잖아.' 하며 그림마저 발견되는 순간을 자꾸 만들고 싶다. 그래서 나는 그림 그리면서 글도 쓰고, 도자기를 굽고, 이모티콘을 끄적이며, 노래 가사를 모은다.

다 하려는 마음이 이따금 버거울 때도 있다. 아니 대체로 버겁다. '지혜란 무시해도 될 일이 무엇인지 판별하는 기술'이라고 미국 어느 철학자가 말했다는데 그 말만 놓고 보면 나는 영 틀렸다 싶기도 하고. 내가 가진 것 중 어느 건 예쁨을 많이 받고 어떤 건 괜히 상처만 받으니까 좀 덜 내놓게 되더라도 더 잘하고 싶은 마음을 무시하기가 나는 어렵다.

이 시간을 잘 보내면, 그리고 운이 좋으면 그것들을 한데 섞어 모두 '나'라고 부르는 순간이 오지 않을까, 혹은 어디서 지혜를 얻어 용감하게 몇 개 그만두는 때가 먼저 올지도 모르겠다.

1 미나리는 세척 후 물기를 털어
손가락 길이 정도로 자른다

2 볼에 미나리와 부침가루 6큰술
물 100ml를 넣고 섞는다

3 달궈진 팬에 기름을 두르고
반죽 모양을 잡아 부친다

4 바삭하게 부친 미나리전을
접시에 담고 치즈를 뿌린다

예측불가 치즈 미나리전 완성!

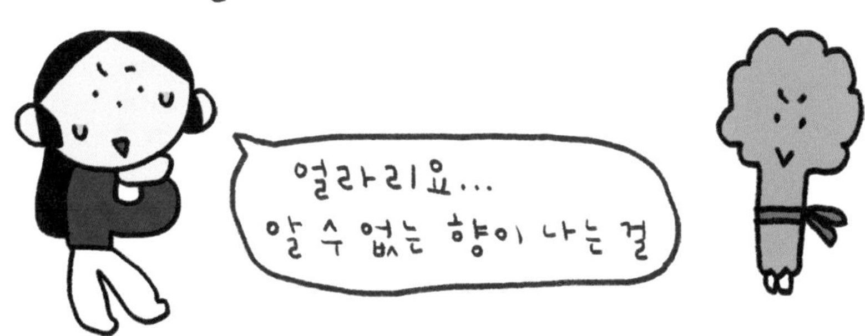

미나리 자체가
향이 좋으니까
치즈는 사치입니다

Episode 26

이다음엔 배추가 되고 싶어.
봄동 비빔면

지금 하는 일 다음엔 뭘 해야 할까? 당장 현실에 발붙이지 못하고 다른 걸 궁금해하느라 한동안 마음이 붕 뜬 채로 지냈다. 자꾸 안 하던 걸 들춰보고 다른 사람은 뭐 하는지 기웃거리다 보니까 정작 하고 있던 일엔 손을 놓은 꼴이 되었다. 하지만 나는 프리랜서였다…! 이러고 있다 보면 거지꼴을 면치 못할 것이니…. 내가 대표고 사원인 동시에 투자자인데 그 셋이 다 손 놓고 노니까 가세가 기울어 휘청휘청했다.

이럴 때 나는 내가 아직도 아마추어 같다. 그래, 이거 해서 얼마나 더 먹고살겠니, 명절에 만난 먼 친척 어른의 말처럼 스스로 질문도 던져보았다. 헤프게 날짜 지나가는 동안 손마디 사이사이 모래알 빠져나가는 듯이 뭔지도 모를 것을 주기적으로 잃어가는 기분이었는데, 정작 손에 쥔 것이 뭐였는지 모르니까 그저 계속 비워져갈 뿐이었다. 지금처럼 살면 안 되지 않나? 뭔가 더 하고 있어야 하는 거 아닌가?

"뭘 더 해. 네가 지금까지 했던 거 반복만 해도 한참 먹고살아."

전화로 내 얘기를 들어주던 엄마가 말했다. 전화를 끊고 그 말을 잠깐 곱씹어봤는데 아무리 생각해도 이걸로 한참까지는 어렵지 싶다. 조금 더, 그러니까 반복은 하더라도 여기서 더 나아져야 한다.

그러니까 어떻게?

나는 대강 구경만 했다 하면 다시 어디로든 떠나야 하는 사람처럼 들썩들썩 안달하고 그러다 뭘 또 새로 시작한다. 그러면 또 아무것도 없이 처음이다.

전에 겉절이 무치는 할머니 옆에서 알짱거리며 금방 무친 겉절이를 한입씩 받아먹은 적이 있다. 노랗고 예쁜 속잎으로만 골라서 입에 쏙쏙 넣어주면서 할머니가 그랬다.

"배추 겉잎이 아무리 흙 묻고 벌레 먹어 푸석해도 들춰보면 속잎은 알짜야. 배추는 겉잎부터 자라고 속은 그다음에 차니까. 멀리서 보면 그대로인 것 같아도 속잎은 항상 새로 자라거든. 갈라서 보면 그게 그렇게 이쁘고 노랗고 달고 맛날 수가 없어."

그렇게 치면 지금 나는 꼭 배추 되기 전에 봄동 같다. 겉에 이파리는 다 벌어져 있고 속은 아직 한 철은 더 자라야 한다.

좀 더 뚜렷한 방향성을 가지고 움직이는 사람이면 좋겠지만 내 주 동력원은 결핍이 맞다. 내가 보는 나는 작가에서 한참 모자라지만 어느새부터 그렇게 불리고 있다. 그렇다고 그렇게 불러주는 이를 붙들고 '저는 아직 작가 정도는 못 되는 사람이에요.' 이실직고할 수 없으니까 거꾸로 이름을 먼저 얻고 이름 안에 작가를 채워 넣어야 했다.

그냥 '나'에서 '작가가 결핍된 나'가 된 나는 그 안에 꼭 맞게 들고 싶어 빈속을 채우듯 글을 쓰고 그림을 그렸다. 그렇게 하던 일이 손에 익어 여유가 생기면 다른 데 눈 돌릴 게 아니라 밖에서 보이지 않는 반복적인 노력을 지속함으로 내실을 더 채워야 했는데 말이지, 봄동이 배추가 되려는 것처럼.

그렇다면 이제 해야 할 일은 지금 하는 것들을 더 아끼기, 건강하게 반복 수행하기, 흙 묻고 벌레 먹어 푸석해 보이는 배추를 야무지게 묶어두고 속부터 채워가는 일이겠다.

이제 모른다는 이유로 도망가서 다른 걸 새로 시작하는 건 안 된다. 말하자마자 벌써 좀 도망가고 싶어졌지만, 용기 내서 나아가려고 지금 이 글을 쓴다. 되고 싶은 모습을 명료하게 말해두고 나면 나는 또 그 안에 드는 내가 되기 위해 노력할 수밖에 없으니까. 봄동은 이다음에 배추가 되고 싶다. 속이 아주 꽉 찬, 달고 맛난 배추가.

1 소면과 달걀을 삶는다

2 봄동을 깨끗이 씻어 손질해둔다

3 삶은 면과 달걀을 찬물에 헹군다

④ 볼에 면과 봄동을 같이 넣고
양념장과 함께 버무린다

고추장 2큰술, 올리고당 1큰술, 설탕 1큰술,
다진마늘 1큰술, 참기름 2큰술,

⑤ 그릇에 옮겨 담고 달걀을 잘라 올린다

아삭
아삭
근데
혹시 그거
알고있니?
뭔데~?
고숩고 개운한 맛,
봄동 비빔면 완성!

봉동은 추운 겨울을 보내고 봄에 수확하는 배추라서~

쓰담 쓰담

세상에나~

Episode 27

저기 더
멀리까지
가고 싶은
푸팟퐁 커리

내 사주엔 역마살이 있다는데 난 맨날 집에만 있는 사람이라 살도 사람을 가리는 걸까 생각했다. 대신에 생각이 저기 멀리까지 가니까 정신적 역마살도 있겠거니 하고 지냈다. 그러나 올해는 1월 1일부터 여행으로 시작해서 그런지 유독 캐리어 끄는 일이 끊이지 않았다. 4월부터 달에 한 번씩 북페어 참여하느라 계속 여기로 저기로 역마 대신 이랴이랴 캐리어 끌고 쏘다녀 보니 역시 역마살이 맞다 싶은 게 어디 멀리 다녀오면 한동안 심신이 편안했다.

어제는 인천에 다녀왔다. 인천 북페어는 다들 벼르

고 있었던 게 아닐까 싶을 정도로 재미있었다. 행사 시작하며 인천 시장님이 인사 말씀으로 "비가 와서 레이니 데이일 줄 알고 걱정이 많았는데 해가 나와 써니 데이라 좋다."고 하셨는데 라임을 맞춰 미리 짜 오신 걸까 아직도 종종 떠오르면 궁금하다.

서울은 워낙 전시행사가 많고 흔하니까 관람객분들도 어디 한 번 볼까 하는 느낌으로 본다면 인천 북페어는 되레 내가 기다리던 손님으로 방문한 기분이었다. 유독 사랑과 응원의 말을 잔뜩 듣고 와서 더 그렇게 느꼈는지도 모르겠다.

오신 분들처럼 나도 좋아하는 작가님들이 많이 참여하신다길래 신청해서 다녀온 행사였다. 멋진 창작을 하는 사람들은 어디에나 있고 그들이 지면 위에 붙들어둔 삶의 순간을 펼쳐보는 일은 매번 새롭지만 제일 신나는 건 이제 막 창작을 시작해 남 눈치 안 보고 하고 싶은 것을 잔뜩 내놓은 팀을 새로 발견하는 일이다. 좋아하는 것을 좋아서 하는 사람들. 보고 있으면 만들며 얼마나 재미있었을까 내가 다 설레 마음이 다 녹는 것 같다.

내 부스를 꾸며놓고 그렇게 다른 팀 부스 한 바퀴 둘

러보다 돌아왔는데 잠깐 사이에 내 제품들이 조금 낯설게 보였다. 어디서 파는 공산품 같았달까.

나도 사는 사람 생각은 안 하고 하고 싶은 거 맘대로 만들고, 팔리거나 말거나 내가 좋아하는 걸 내놓고 자랑하던 때가 있었다. 그러나 이번에는 나도 모르는 사이 깎이고 다듬어져 빤질빤질해진 면이 내 작업에서 보였다. 오히려 그 모습을 보게 되어 좋았다. 나는 내 작업이 공산품처럼, 그러니까 팔리는 상품처럼 반듯해 보이길 원했다. 대기업이랑 콜라보해서 바코드 찍힌 굿즈가 나오는 기업형 작가님들을 동경했다. 남 눈치 안 보고 내가 하고 싶은 거 내놓고 부스도 맘대로 꾸미던 시절의 이야기다.

무언가 오래 하다 보면 으레 편리한 방식이 생기고 이건 잘 먹힌다! 하는(매번 들어맞지는 않지만.) 데이터가 쌓이게 마련이다. 내게도 이것저것 고려해야 하는 부분이 많아지면서 양쪽 모서리 자르고 중간 지점에서 타협한 것이 지금 만드는 제품이다. 여전히 대기업 바코드는 안 찍혔지만 조금은 그렇게 만들 줄 알게 된 것 같다. 내가 걸어와서 있는 지점을 찬찬히 살펴보니 썩 보기 좋다. 그리고 그걸 다시 전부 흐트러트린 다음 처음처럼 내 맘대로 하고 싶어졌다.

무엇보다 나는 이제 공산품 같아 보이는 것도 만들 수 있으니까 좀 멋대로 해도 그 안에 보는 이에 대한 불친절은 들어 있지 않을 것이란 (스스로에 대한) 믿음이 생긴다. 그 점이 내겐 가장 큰 위안이고 그동안 고민하던 숱한 밤들에 대한 보상이다.

나는 앞으로 또 무얼 더 만들 수 있을까. 어디까지 해 볼 수 있을까. 지금 마음 같아서는 생각하는 건 다 만들어 볼 수 있을 것 같다. 그래, 나는 그러려고 그림을 그렸지. 맨 처음 그렸던 동그란 선에서 저기 더 멀리까지 가고 싶다.

푸팟퐁 커리 만들기 시작 ➡

1 양파, 대파, 홍고추를 손질한다

2 게맛살을 결대로 찢어둔다

3 팬에 기름을 두르고 1, 2를
함께 볶는다

4 양파가 살짝 투명하게 익으면
카레와 코코넛 밀크를 넣고 풀어준다

카레양은
분량대로 조절!

* 조금 달게 먹고 싶을 땐 설탕 1큰술 추가!

5 달걀을 깨서 넣고 잘 섞어가며
조금 더 끓인다

6 2 에서 남긴 게맛살을 잘라
튀김옷을 입혀 튀긴다

7 접시에 푸팟퐁 커리를 옮겨 담고
위에 튀김을 얹는다

멀리 가는 푸팟퐁 커리 완성!

글쎄~

Episode 28

결코 납작해지지 않는 마음과

더덕구이

전주시에서 주관해 열린 첫 번째 독립출판 행사 '전주책쾌'에 참여했다. 한여름이라 정말로 더웠다. 행사 장소는 전주에서도 유명한 연화정 연못 위에 한옥으로 지어진 도서관이었는데 날씨가 절절 끓으니까 도서관 내부가 마치 끓는 물 위에 올려둔 거대한 찜통처럼 폭폭 찌는 것이 꼭 만두가 된 기분이었다.

찜통 안에 놓인 만두처럼 비슷한 간격으로 앉아 있는 참가자와 그 사이를 돌아다니는 방문객이 앞뒤로 찜쪄지는 동안 운영진 또한 이 더위를 어떻게든 해결하고

자 분주하게 움직였다. 도서관 창밖엔 신문지를 붙여 해를 가리고 에어컨 성능이 떨어지는 별관에는 선풍기를 몇 대씩 사다 넣었다. 참가자 단톡방에 속출하는 민원에 즉각 대응하면서도 출출하다 싶을 즈음이면 전주 명물 초코파이를 쓱 넣어주고 간다거나 연신 “파이팅 파이팅!”을 외치며 독려하고 다니기도 했다. 에너지가 참 밝다 여겼는데 가만 생각해보니 밝다고 다 저렇게 할 수 있는 건 아니니까 이 행사를 정말 마음으로 아끼고 계시는구나 쪽으로 생각을 고쳤다.

그러고 나니 일의 이면, 이 행사가 주최되기까지 쏟았을 정성이 느껴지기 시작했다. 정말 잘 해내고 싶어 살피고 동분서주하게 되는 마음들. 누군가의 진심을 느낀다는 건 정말 대단한 일이다. 그때부턴 나도 지역 사업의 중책 하나를 맡고 있다는 느낌이 들기 시작해서 더더욱 열과 성을 다해 책을 팔았다. 판매를 넘어 이 행사가 잘 마무리되기를 나도 마음으로 바라게 되었다.

행사는 사흘간 이어졌고 열심히 한 덕분인지 성과도 마치는 마음도 좋았다. 근처 호프집에서 행사 뒤풀이가 있다는 공지를 받아 참석을 고민하고 있던 차에 단체 사진 촬영이 있으니 밖으로 나오라는 목소리가 들렸다. 얼른 매대를 정리하고 어둑어둑해진 도서관 잔디 마당으로 나가 보니 가로등 아래 먼저 모인 얼굴들이 온통 주황빛을 받은 채 와글와글 웃고 있었다. 서울 행사에서도 몇 번 보았던 얼굴들이다.

에너지가 좋았다고 덥고 힘들지 않은 것은 아니었을 텐데 누구 하나 그런 기색 없이 벅차 보였다. 공연이 끝난 후 무대 뒤편의 풍경이 지금 내가 보는 것과 비슷할까 생각하면서 모여 있는 사람들 옆에 살짝 끼어들었다. "하나, 둘, 셋!" 소리에 맞춰 나도 주황색 얼굴을 하고 와글와글 웃었다.

보통 같았으면 어색하고 멋쩍어 숙소로 발을 돌렸을 텐데 이번만은 마음이 설레어 뒤풀이 공지에 쓰인 호프집을 찾아갔다. 모임은 2층이라는 사장님의 안내를 받고 좁다란 계단을 따라 올라가니 몇몇 참가자들이 벌써 두런두런 이야기를 나누고 있었다. 한 테이블에서 안면 있는 작가님을 발견했는데 이미 다들 친해 보이는 무리 속에 한참 이야기 중이셔서 쭈뼛거리다 아는 사람이 한 명도 없는 테이블로 가 슬쩍 끼어 앉았다.

간단히 자기소개를 나누고 맥주를 마시고 달걀말이

를 한 점씩 입에 넣으면서 우리가 제일 처음 나눈 이야기는 운영진에 대한 것이었다. 다른 사람들도 나와 마찬가지로 그들의 태도에서 그저 신속하고 정확한 것 이상의 감동을 느꼈다고 했다. 자리가 이어지던 중에 운영진 한 분이 우리 테이블로 와 수고했다 인사 전하며 들려준 이야기가 아직 기억에 남는다.

'책쾌'는 조선시대 때 전국을 돌아다니며 책을 사고팔던 서적 중개상이라고 한다. 서점이 없던 시대에 옷소매와 품속에 책을 넣고 전국을 다니며 필요할 땐 직접 목판을 찍어 책을 만들기도 했다. 왕의 역사를 왜곡한 책을 팔았다는 이유로 책쾌 100여 명이 몰살당한 사건도 있었지만 그런 고초를 겪으면서도 그들은 계속해서 책 파는 일을 이어왔다고 한다.

갖가지 책 목록을 꿰고 있다 필요한 사람에게 추천하거나 어디서든 구해다주었던 그들은 현대로 치면 북 큐레이터이자 마케터가 아니었을까 생각해보았다고 하셨다. 그는 서울과 경기에서 직접 만든 책을 이고 지고 멀리 전주까지 와준 진짜 '책쾌'인 우리의 노고가 어떤 것인지 너무 알아서 그 마음을 결코 납작하게 만들고 싶지 않았다고 했다.

'책쾌'의 운영진들이 보여준 밝은 에너지. 그건 존중에서 나온 것이었구나. 내 노력의 면면을 알아주고 그걸 다 판판하게 펴서 잘 보이는 곳에 내걸어주는 이 행사에 참여할 수 있어 영광이었다. 나는 살짝 나오는 눈물을 건배 제의로 무마했다.

다음 날 집에 가는 길에 숙소 근처 개천 옆에서 열린 장에 들렀다. 한여름 뜨거운 햇빛 아래 잘 키운 농산물을 들고 나온 어르신들을 가만히 바라봤다. 여기도 온통 납작해지지 않는 마음들이다. 그 사이에 쭈그려 앉아 더덕을 만 원어치 골라 집으로 돌아온 나는 그 더덕을 다듬어 납작하게 저민다.

책을 파는 사람, 장에 나선 사람, 읽는 사람, 사는 사람, 그리고 그 장을 여는 사람들. 이 중에 납작해져도 좋은 건 더덕 하나뿐이다. 결코 납작해지지 않는 마음들을 떠올리며 내일은 더덕구이를 해서 먹어야지.

① 손질한 더덕을 세로로 반 자르고
두드려 납작하게 누른다

② 달군 팬에 기름을 두르고 누른 더덕을
초벌로 살짝 굽는다

③ 노릇하게 색이 나면 양념장을 만들고

* 고추장 2, 고춧가루 1, 다진마늘 1, 올리고당 1,
설탕 1, 간장 1, 맛술 1, 설탕 1, 물 2

4 앞뒤로 양념장을 발라가며 타지 않게 굽는다

5 잘 익은 더덕은 그릇에 옮겨 담고
깨를 솔솔 뿌려 마무리한다

납작하게 누른 더덕구이 완성!

마음은
결코
납작해
지지 않아

Episode 29

시간이 걸려도 천천히 하나씩,
월동무 조림

가끔 자기 연민에 너무 빠져 있는 건 아닌지 진지하게 생각해볼 때가 있다. 우울할 것 하나 없는데 우울할 때. 속이 너무 편안한 나머지 우울을 흉내 내고 있는 건 아닌가 하고 자기 검열을 해보기도 한다. 그래도 나아지지 않고 어떻게 해야 할지 더 모르겠으면 이럴 땐 그냥 걷는 수밖에. 무작정 밖으로 나왔다.

요즘 우울의 원인은 역시 일이다. 부쩍 실수가 잦고 모르는 일이 생기는데 내 일엔 사수가 없으니 고비마다 나 홀로 좌절이다. 햇수로 5년, 연차가 쌓여도 나는 왜 자연스럽게 안 될까. 나의 한탄에 친구들은 충분히 잘하고 있으니 걱정 말라 이야기해주지만 실은 그렇게 보이려고 갖은 애를 다 쓰고 있는 거라 내 능력의 한계를 느낀다. 내가 부족해서 전업인 일을 어렵게 하고 있다는 생각이 들면 그때부터 잠들기 전까지의 하루가 자기 비하로 점철되는데 지난 주말이 딱 그랬다.

눈떠서 배고프면 뭘 먹고 다시 누워 한두 시간 더 자고 그대로 주말 이틀 다 보내고 나니 월요일. 주말에 마쳐야 했을 마감을 부랴부랴 겨우 치우고 나니 자정이 되었다. 아쉽다고 잠 못 들었다간 내일도 같은 꼴이 날 것 같아 열어보지 못한 메일만 확인하고 자려는데, 모르는 이름으로 "작가님~" 하고 부르는 메일이 도착해 있었다. 위아래로 읽지 않은 외주 메일을 제쳐두고 확인해보니 독립출판으로 펴낸 『혼자 보는 일기』 독자분께 온 메일이다. 구구절절 전부 이야기하고 싶지만 요약하자면 오래오래 쓰고 그려달라는 내용이었다.

『혼자 보는 일기』는 확신 없는 날에 주절주절 써 내려간 일기들을 독립출판으로 엮은 책이다. 이런 것도 책이 될까 생각하며 말 그대로 혼자 쓰고 보던 일기. 그걸 읽고 누군가 공감하고 힘을 얻었다는 메일을 받으면 내 지난날들은 이제 와 비로소 확신을 얻는 것이다. 어려운 날의 내가 남겨놓은 이야기를 시간이 지나 자기만의 시기를 겪는 누군가가 보고, 지금의 내게 따뜻한 감상을 보낸다. 왠지 마음이 든든해져 오늘 같은 날도 그때 쓰인 페이지와 크게 다르지 않을 것이란 생각이 든다. 오래오래 쓰고 그려 달라는 말에 새끼손가락 하나가 꼬옥 걸린다.

나는 매번 먼저 얻고 싶어 안달이다. 5년 했으면 5년만큼의 성과가 지금 내 손에 들려 있어야 할 텐데 그보다 좀 모자라 보이면 당장이라도 다 내려놓을 마음을 먹기도 한다. 그러나 조금만 더 멀리로 돌아가 맨 처음을 떠올려 보면 나의 5년은 꼭 5년만큼 애써주었다.

한 번쯤은 처음으로 돌아가야 한다. 가장 처음으로, 아무것도 모르고 그저 즐거워서 시작했던 때로. 그런데 아무리 생각해봐도 나는 처음부터 이랬다.

최근 안 되는 글 쓰는 일에 골몰하느라 만화 그리며 울던 시절을 잠시 잊었다. 그때 나는 10컷짜리 만화 한 편도 네 시간 이상 그리느라 하루를 다 쓰고 기진맥진했다. 원래는 만화를 더 잘 그리고 싶어 시작한 글쓰기였다. 앞

장을 이렇게 끝내면 뒷장에 나오는 행동이 뚱딴지같지 않을까? 문장 끝을 '―데'로 끝낼까 '―고'로 끝낼까. 쉽지 않은데? 하다가 글쓰기 수업에 나갔던 것이다.

나는 그럼에도 불구하고 계속 글을 쓰고 만화를 그리고 있다. 그러느라 종종 우울해질 때가 있어도 그 모든 걸 통틀어 여전히 내가 만들어내는 모든 것을 사랑한다. 내가 할 수 있는 건 그저 가진 시간을 전부 쓰면서 찬찬히 해나가는 것 말고는 없다. 엉덩이 딱 붙이고 앉아 그냥 하는 수밖에.

산책하는 동안 꼬리에 꼬리를 물며 가득 찬 생각은 마트 앞에 다다랐을 땐 말끔히 비워져 있었다. 이제는 빈 속을 새로운 것들로 차곡차곡 채우고 싶다. 채소 코너 좌판에 하얗게 제주 월동 무가 깔려 있다. 월동 무는 한창 더운 여름에 파종해 가을에 자라서 찬 겨울 보내고 따뜻한 봄에 수확하는 무다. 작년 여름으로부터 온 무 중에서도 가장 실하고 튼튼해 보이는 녀석으로 하나 골라 장바구니에 넣었다. 집에 가서 간장에 뭉근히 졸여 먹으면 가을 겨울 지나 봄에 당도한 그 기운을 전부 얻을 것만 같다. 그 기운을 빌려 쓰고 그리며 나의 일 년을 채우고 싶다.

글 쓰는 데 오래 걸린다고 까불지 말자. 나는 애초에 그림도 오래 그리는 사람이었다.

1. 무는 가로로 토막내 썰고 모서리를 둥글게 다듬어준다

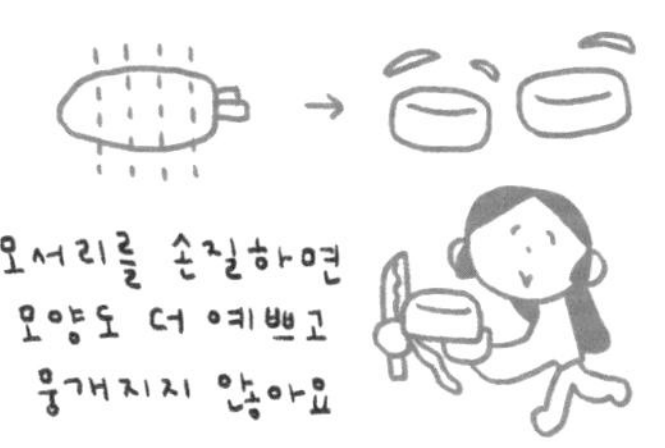

2. 곤약은 사선으로 칼집 내고 깍둑 썰어 식초물에 데친다

3. 물 800ml에 썰어둔 무, 월계수 잎, 대파, 간장, 참치액, 설탕을 넣고 바글바글 끓인다

* 간장 150mL, 참치액 2큰술, 설탕 4큰술

❹ 곤약을 넣고 색을 봐가며 조린다

❺ 꽈리고추를 넣고 뚜껑을 닫아
약한 불로 뜸 들여 마무리한다

월동무조림 완성!

눈앞이 캄캄해도 나아가기를 멈추지 않고

1판 1쇄 찍음 2024년 10월 14일
1판 1쇄 펴냄 2024년 10월 21일

글·그림 유꽁사

편집 김지향 길은수
교정교열 이희숙
디자인 김혜수
미술 이미화 김낙훈 한나은
마케팅 정대용 허진호 김채훈 홍수현 이지원 이지혜 이호정
홍보 이시윤 윤영우
저작권 남유선 김다정 송지영
제작 임지헌 김한수 임수아 권순택
관리 박경희 김지현

펴낸이 박상준
펴낸곳 세미콜론
출판등록 1997. 3. 24. (제16-1444호)
06027 서울특별시 강남구 도산대로1길 62
대표전화 515-2000
팩시밀리 515-2007
편집부 517-4263
팩시밀리 515-2329

ISBN 979-11-94087-56-4 03810

세미콜론은 민음사 출판그룹의
만화·예술·라이프스타일 브랜드입니다.
www.semicolon.co.kr

엑스 semicolon_books
인스타그램 semicolon.books
페이스북 SemicolonBooks
유튜브 세미콜론TV